KB164207

사뮈엘 베케트
Samuel Beckett, 1906–89

사뮈엘 베케트는 1906년 4월 13일 아일랜드 더블린 남쪽 폭스록에서 유복한 신교도 가정의 차남으로 태어났다. 더블린의 트리니티 대학교에서 프랑스 문학과 이탈리아문학을 공부하고 단테와 데카르트에 심취했던 베케트는 졸업 후 1920년대 후반 파리 고등 사범학교 영어 강사로 일하게 된다. 당시 파리에 머물고 있었던 제임스 조이스에게 큰 영향을 받은 그는 조이스의 『피네건의 경야』에 대한 비평문을 공식적인 첫 글로 발표하고, 1930년 첫 시집 『호로스코프』를, 1931년 비평집 『프루스트』를 펴낸다. 이어 트리니티 대학교에서 프랑스어를 가르치게 되지만 곧 그만두고, 1930년대 초 첫 장편소설 『그저 그런 여인들에 대한 꿈』(사후 출간)을 쓰고, 1934년 첫 단편집 『발길질보다 따끔함』을, 1935년 시집 『에코의 뼈들 그리고 다른 침전물들』을, 1938년 장편소설 『머피』를 출간하며 작가로서 발판을 다진다. 1937년 파리에 정착한 그는 제2차 세계대전 중 레지스탕스로 활약하며 프랑스에서 전쟁을 치르고, 1946년 봄 프랑스어로 글을 쓰기 시작한 후 1989년 숨을 거둘 때까지 수십 편의 시, 소설, 희곡, 비평을 프랑스어와 영어로 번갈아가며 쓰는 동시에 자신의 작품 대부분을 스스로 번역한다. 전쟁 중 집필한 장편소설 『와트』에 뒤이어 쓴 초기 소설 3부작 『몰로이』, 『말론 죽다』, 『이름 붙일 수 없는 자』가 1951년부터 1953년까지 프랑스 미뉘 출판사에서 출간되고, 1952년 역시 미뉘에서 출간된 희곡 『고도를 기다리며』가 파리, 베를린, 런던, 뉴욕 등에서 수차례 공연되고 여러 언어로 출판되며 명성을 얻게 된 베케트는 1961년 보르헤스와 공동으로 국제 출판인상을 받고, 1969년 노벨 문학상을 수상한다. 희곡뿐 아니라 라디오극과 텔레비전극 및 시나리오를 집필하고 직접 연출하기도 했던 그는 당대의 연출가, 배우, 미술가, 음악가 들과 지속적으로 교류하며 평생 실험적인 작품 활동에 전념했다. 1989년 12월 22일 파리에서 숨을 거뒀고, 몽파르나스 묘지에 묻혔다.

PROUST

by Samuel Beckett

사뮈엘 베케트

유예진 옮김

프루스트

wo
rk
ro
om

일러두기

1. 이 책은 사뮈엘 베케트(Samuel Beckett)의 『프루스트(Proust)』(런던, 채토 앤드 윈더스[Chatto and Windus], 1931)를 한국어로 옮긴 것이다.
2. 원주를 제외한 주(註)는 옮긴이의 것으로, 에디트 푸르니에(Édith Fournier)가 프랑스어로 번역한 베케트의 『프루스트(Proust)』(파리, 미뉘 출판사[Les Éditions de Minuit], 1990)의 옮긴이 주를 참고했다. 원주의 경우 별도 표기했다.
3. 원문에서 강조하기 위해 사용한 이탤릭체는 방점을 찍어 구분했다.
4. 일반명사 중 첫 글자가 대문자로 표기된 단어는 굵게 표기했다.
5. 베케트가 본문과 주석에 인용한 마르셀 프루스트(Marcel Proust)의 『잃어버린 시간을 찾아서(À la recherche du temps perdu)』의 판본은 N. R. F.(Nouvelle Revue Française, 총 16권, 1919–30)의 것이지만, 이 번역본에서는 독자가 쉽게 열람할 수 있도록 갈리마르 출판사(Éditions Gallimard)의 플레이아드 총서 판본(Bibliothèque de la Pléiade, 총 4권, 1987–9)으로 수정했다.

차례

서문 — 11
프루스트 — 13

해설 — 71
작가 연보 — 89
작품 연표 — 105

세상은 진흙에 불과하다.
— 레오파르디[1]

서문[2]

이 책에는 마르셀 프루스트의 전설적인 삶이나 죽음에 관한 이야기가 없으며, 유산을 상속받은 편지 속 늙은 과부, 시인, 에세이를 남긴 작가, 칼라일의 '아름다운 광천수 병'에 해당하는 젤테르의 물에 대한 그 어떤 암시도 없다. 제목들은 프랑스어 그대로 두기로 했다. 본문 번역은 내가 했다. 『누벨 르뷔 프랑세즈』의 열여섯 권짜리 끔찍한 판본을 참고했다.

프루스트 방정식은 결코 단순하지 않다. 가치들의 창고에서 무기를 선택하는 미지수는 그 자신이 불가지수이기도 하다. 그것은 두 가지 특성을 띤다. 프루스트 해석의 다중성은 텔레포스[3]의 창이 될 수 있다. 다양성 속의 이러한 이분법에 대해서는 프루스트의 '상대주의'에 대해 이야기할 때 한층 깊게 살펴볼 것이다. 이번 글의 목적을 위해 우리는 프루스트식 논지의 내적 연대를 따라갈 것이며, 우선은 저주와 구원의 쌍두 괴물인 **시간**에 대해 살펴보기로 한다.

화자에게 작품 구조의 디딤돌은 소설의 마지막 부분인 게르망트 대공 부인(전 베르뒤랭 부인)의 서재에서, 구조를 이루는 소재의 본질은 이어지는 오후 연회에서 밝혀진다. 그가 쓸 책은 이미 머릿속에서 형태를 갖춘다. 그는 여러 결함을 안고 있는 문학적 규범들이 작가로 하여금 타협하도록 강요함을 인식한다. 작가로서 그는 원인과 결과로부터 완전히 자유롭지 못하다. 가령 주체적 욕망의 빛나는 투영은 이를 우스꽝스러운 모양새로 표현해 중지(왜곡)시켜야 할 필요가 있게 된다. 그가 가장 신중하게 관찰하는 대상들에게조차 마땅히 어울리는 가면을 수백 개 준비하기란 불가능하리라. 그는 어쩔 수 없이 문학적 기하학의 신성한 자와 컴퍼스를 수용한다. 하지만 그는 공간적 척도로까지 그 자신을 굴복시키지는 않을 것이며, 사람의 키와 무게를 햇수가 아닌 육체로 측정하기를 거부할 것이다. 책 마지막에 그는 자신의 입장을 표명한다. "만약 내게 작품을 완성할 만큼 오랜 **시간**이 남아 있다면, 나는 우선 사람들이 중요한 자리를 차지하는 것처럼, 비록 **공간**에서는 그들이 차지하는 자리가 그토록 한정되어 있건만, 끝없이 늘어난 자리를 차지하는 것처럼, 이것이 비록 그들을 괴물처럼 만들지라도, 그렇게 묘사할 것이다. 왜냐하면 그들은 마치 세월 속에 깊이 빠져 있는 거인들과도 같이, 그사이에 수많은 날들이 자리 잡고 있는 멀리 떨어져 있는 시대들을 동시에, **시간** 속에서 살고 있기 때문이다."[4]

프루스트의 창조물은 이러한 지배적인 조건과 환경, 즉 **시간**의 희생자다. 하등한 유기체로서 단지 2차원만을 알고 있다가 갑자기 높이의 신비와 대면하게 된 희생자다. 희생자이자 죄수다. 시간과 날들로부터 도망칠 수가 없다. 내일로부터도, 어제로부터도. 어제로부터 도망칠 수 없는 까닭은 어제가 우리를 변형시켰거나, 어제가 우리에 의해 변형되었기 때문이다. 기분 또한 바뀌었기에 중요하지 않다. 어제는 그 단계를 넘은 기점이 아니라, 과거의 닳을 대로 닳은 길에 놓인 조약돌로, 그 무겁고 위협적인 존재는 돌이킬 수 없이 우리의 일부로 우리 속에 있다. 우리는 어제 때문에 지쳐 있는 것이 아니다. 우리는 그저 달라졌을 뿐이다. 어제의 재앙을 경험하기 전의 우리가 더 이상 아니다. 어제는 재앙의 날이라고 하지만, 그렇다고 내용에 있어서 실제로 재앙이 일어났다는 말은 아니다. 대상의 선하거나 악한 기질은 어떤 현실성도 의미도 없다. 몸과 마음의 즉각적인 기쁨과 슬픔은 모두 불필요하다. 어제는 현실성과 의미를 갖는 유일한 세계, 즉 우리 잠재의식의 세계에 속하는 것으로, 그 세계는 균형이 깨졌다. 우리는 탄탈로스[5]와도 같은 처지에 있다고 함이 정확한데, 차이점이 있다면 우리는 스스로를 유혹에 빠지도록 내버려둔다. 또한 우리를 환상에서 깨어나게 하는 상동곡(常動曲)[6]은 아마도 한층 다양하리라. 어제 열망하던 것들은 어제의 자아에게는 유효했지만, 오늘의 자아에게는 아니다. 우리는 한때 성취라고 하는 것에 기뻐했다는 사실이 무효가 되는 데 실망한다. 그런데 성취란 대체 무엇인가? 그것은 욕망의 주체와 객체가 일치함을 말한다. 주체는 아마도 여러 번, 도중에 죽었다. A라는 주체가 선택한 대상이 진부하다고 B라는 주체가 실망하는 것은 삼촌이 밥을 먹는 모습을 보고 내 허기가 사라지기를 기대하는 것만큼이나 터무니없다. 매우 드물게 일어나는 우연한 기적으로 현실의 상태와 감정의 상태가 일치하는 순간, 원하던 바를 실현하게 된다. 그리하여 주체는 욕망의 대상(이 질병의 엄밀한 의미에서 볼 때)을 소유하게 되어 완벽한 일치가 발생하고, 성취의 상태가 욕망의 상태를 완전하게 제거해, 현재 상태가 불가피한 것처럼 느껴진다. 보이지 않으며 상상할 수 없는 것을 의식적이며 이성적으로 재구성하려는 모든 노력은 헛되니만큼, 우리는 기쁨을 슬픔에 비교함으로써 제대로 즐길 수 없게 된다. 의도적 기억은(프루스트는 이것을 '구토가 일 때까지'[7] 반복한다.) 회상을 하는 도구로는 아무 가치가 없으며, 마치 우리가 상상하거나 직관으로 과장되게 해석한 신화처럼 실재로부터 완전히 동떨어진 이미지를 불러일으킬 뿐이다. 실제 인상은, 그리고 정확하게 상기하는 방식은 단 하나뿐이다. 하지만 우리는 그 어느 쪽에 대해서도 아무런 통제 능력이 없다. 그런 실재와 그런 방식에 대해서는 차후 적절한 순간에 언급할 것이다.

하지만 고통을 가하는 기술을 자랑하는 **시간**의 이 유해한 재능은, 앞서 살펴봤듯이 정체성을 끊임없이 변화시키는 결과를 초래하며, 변치 않는 실재는 오로지 회고적으로 가정할 때에만 파악할 수 있다. 개인은 끝없이 따라 붓는 과정이 발생하는 그릇이다. 미래 시간의 느릿느릿하고, 창백하며, 단색조인 액체가 들어 있는 그릇에서 과거 시간의 역동적이고 현란한 색채의 시간이라는 액체가 들어 있는 그릇으로 옮겨 붓는다. 일반적으로 미래는 해롭지 않고, 특정한 형태와 성질이 없으며, 그 어떤 보르자[8]식 미덕도 가지고 있지 않다. 살고자 하는 우리의 우쭐한 의지와 치명적이며 치유할 수 없는 낙관주의의 안개 틈에서, 어렴풋한 기대로 인해, 미래는 쓰디쓴 숙명으로부터 자유로운 것처럼 보인다. 미래는 우리에게 예비된 것이되, 우리 안에 함께하고 있다고 느껴지지는 않는다. 그럼에도 때로는 미래가 그의 동료가 치르는 고역을 더할 수는 있다. 미래가 담겨 있는 액체의 표면이 어떤 날짜나 시간적인 지표, 가령 우리를 위협하는 것이나 우리가 기대하게 만드는 것으로부터 얼마나 떨어져 있는지 계산하게 만드는 시간적인 지표에 의해 요동치면 그만이다. 예를 들어 스완은 오데트와 떨어져서 보내게 될 여름을 애절한 자포자기 심정으로 바라본다. 하루는 오데트가 "포르슈빌(그녀의 애인이자 스완이 죽고 나서 그녀의 남편이 되는 인물)이 성령강림절에 이집트로 간다고 해요"라고 말한다. 그러자 스완은 이를 다음과 같이 해석한다. "나는 포르슈빌과 성령강림절에 이집트로 갈 거예요." 미래가 들어 있는 액체는 얼어붙고, 오데트와 포르슈빌이 이집트를 여행하는 미래의 현실을 마주하게 된 가엾은 스완은 자신이 속한 비참한 현재보다도 미래에 의해 더욱 고통받는다. 「페드르」에서 연기하는 라 베르마를 보고 싶어 하는 화자의 욕망은 "얀센파의 창백함과 태양의 신화"에 대해 베르고트가 쓴 것에 의해서보다 "두 시에 극장 문을 닫음"이라는 안내 문구에 의해 더욱 강하게 요동친다. 발베크에서 하루가 저물 무렵, 알베르틴과 헤어지는 데 무관심하던 화자는 알베르틴이 그녀의 숙모나 친구에게 "그럼 내일 여덟 시 반에 봐요"라고 한 단순한 인사 때문에 가장 끔찍한 걱정에 휩싸인다. 미래를 통제할 수 있다는 암묵적인 믿음이 무너지는 순간이다. 정확한 상황과 날짜가 정해지지 않은 이상 미래는 막연하며, 그 결과 또한 예측할 수 없다. 알베르틴이 화자에 의해 감금되다시피 생활할 때, 그녀가 도망칠 수도 있겠다는 가능성에 대해 그는 대수롭지 않게 여겼다. 죽음과도 같이 불명확하고 추상적인 일이었기 때문이다. 우리가 죽음이라는 관념에 대해 어떤 의견을 마음대로 가지고 있건, 이는 무의미하고 헛된 일임을 염두에 두어야 한다. 죽음은 우리에게 언제 날을 비워두라고 하지 않기 때문이다. 이와 비슷한 개념은 광고계에 혁명을 일으켰다. 그리하여 나는 셰퍼드를 마셔야 한다고 느낄 뿐만 아니라, 그것을 일곱 시에 마시게 된다.[9]

지금까지 우리는 움직이지 않고 변치 않는 이상적인 객체에 대해 계속해서 움직이는 주체를 살펴보았다. 하지만 우리의 평범한 시선은 그저 평범한 현상만을 바라볼 수 있을 뿐이다. 객체가 근본적으로 움직이지 않는다고 해서, 그것이 끊임없이 움직이는 주체의 영향을 받을 수 있다는 사실에 변함이 있는 건 아니다. 관찰자는 관찰되는 대상에게 자신의 움직임을 감염시킨다. 더구나 그것이 사람 사이의 관계일 경우, 객체의 움직임은 주체의 영향을 받을 뿐만 아니라, 완전히 종속된다. 그러나 사람 사이에서 주체와 객체는 두 개의 개별적이며 내적인 대상으로, 그들 사이에는 일체화할 수 있는 구조가 존재하지 않는다. 따라서 정의상 소유하고자 하는 우리의 욕망의 대상이 무엇이건 갈증을 해소하기란 불가능하다. **시간** 속에서 완성되는 모든 것들(**시간**이 생산하는 모든 것들)을 우리가 소유할 수 있다면, 그것은 **예술**에서건 **삶**에서건 결코 한꺼번에 동시다발적으로 일어나지 않고, 하나하나 부분적인 성취가 연속적으로 일어남으로써만 가능하다. 마르셀과 알베르틴의 비극적인 관계는 실패가 예고된 인간관계의 전형이다. 나는 지나치게 추상적이며 임의적인 프루스트의 비관론을 소설의 중심에 있는 이 재앙을 통해 밝히고자 한다. 각각의 종양에는 적절한 메스와 붕대가 있기 마련이다. **기억**과 **습관**은 **시간**이라는 암이 가지고 있는 종양이다. 기억과 습관은 프루스트 소설의 가장 단순한 에피소드를 통제하는데, 그것들이 어떻게 활동하는지 분석하기에 앞서 작용 원리를 이해해야 한다. 기억과 습관은 한 건축가의 지식이자, 브라흐마에서 레오파르디에 이르는 모든 현자들의 지혜를 기념하기 위해 지어진 신전의 아치형 지붕을 지탱하는 기둥으로, 그 지혜는 욕망을 충족시키는 대신 없애버린다.

> 사랑의 바보짓은
> 우리 안에 있는 희망 외에도, 욕망을 꺼트린다.[10]

* * *

기억의 법칙은 한층 더 일반적인 습관의 법칙의 지배를 받는다. 습관은 개인과 환경, 혹은 개인과 그 자신의 유기적 특색 사이에 이루어지는 일종의 협상으로, 불가침한 것이자 그의 존재를 보호하는 피뢰침이다. 습관은 개를 그가 배설한 오물에게 속박하는 끈이다. 숨쉬기는 습관이다. 삶은 습관이다. 아니 삶은 습관의 연속이라고 함이 더 정확하다. 개인 자체가 개인들의 연속이기 때문이다. 세계가 개인의 의식이 투영된 것이니만큼(쇼펜하우어는 개인 의지의 객관화라고 말할 테지만), 습관이라는 계약은 끊임없이 갱신되어야 하고, 그 통행 허가증은 기간이 만료되지 않도록 늘 유효화시켜야 한다. 세계는 한번에 영구히 창조되지 않았고, 매일매일 창조된다. 따라서 습관은 한편으로는 한 개인을 이루는 무수히 많은 주체들과, 다른 한편으로는 그들의 무수히 많은 대상들 사이에 체결된 감히 셀 수 없이 많은 계약들을 통틀어 일컫는 말이다. 연속적으로 일어나는 삶을 구분 짓는 전환기는(본질에 그 어떤 인위적이며 무시무시한 변화가 발생한다 해도, 수의로 배냇저고리를 만들도록 허락하지는 않는다) 개인의 인생에서 위험 가득한 단계들로, 불안정하며 고통스럽고, 신비하며 풍요로운 시기라고 할 수 있다. 이때는 삶의 권태가 존재의 고통에 의해 대체되는 시기이기도 하다. (여기서 마지못해 앙드레 지드주의자들 — 그들이 온건파건 광신도건 — 의 마음에 들기 위해, 혹은 그들을 넌더리 치게 하기 위해 간략하게나마 괄호 부호를 삽입하고자 한다. "위험하게 산다는 것", 이는 사실 아무 의미도 없는 승리에 찬 딸꾹질이라 할 수 있는데, 마치 습관 속에 유배되어 사는 나 자신에 대한 무슨 애국가와 같은 의미를 이 표현에 부여하는, 즉 '유사점을 잡아먹는'[11] 무리를 위해 잠시 괄호를 삽입하겠다는 뜻이다. 지드주의자들은 삶에 대한 습관을 우선시하는 데 이어서 그것에 적당한 이름을 붙이려 한다. 이는 쓰잘머리 없는 말이다. 그들은 습관들 사이에 서열이 있다고 전제하는데, 이는 마치 좋은 습관과 나쁜 습관이 따로 있다는 말과 같다. 인간의 신체가 환경에 자동으로 적응한다는 사실은 5월이 오기 전에 겨울옷을 장롱에 집어넣는 것만큼이나 아무런 도덕적 의미가 없다. 또한 습관을 키우라는 말은 감기를 키우라는 말만큼이나 아무런 의미가 없다.) 존재의 고통은 모든 능력들의 자유의사 표시다. 습관은 그 독한 헌신으로 우리의 주의력을 마비시키고, 우리에게 절대적으로 필요하지는 않을지언정 도움을 제공하는 충실한 하녀들이 소유하고 있는 주의력을 마취시킨다. 습관은 프루스트 집안의 불멸의 요리사인 프랑수아즈와도 같다. 그녀는 완수해야 할 임무의 본질을 완벽하게 파악하고 있고, 부엌에서 쓸데없는 일이 벌어지게 하느니 차라리 밤낮을 꼬박 새며 애쓸 것이다. 하지만 삶에서 우리의 습관은 매일의 일상에서 벗어난 모든 상황, 가령 어떤 낯선 하늘이나 낯선 방의 신비를 풀기에는 역부족인데, 이는 마치 프랑수아즈가 뒤발 오믈렛의 그 끔찍함이 어느 정도인지 전혀 이해하지 못하거나 받아들일 수 없는 것과 같은 이치다. 이렇게 되면 제구실을 못 하는 우리의 인지능력은 무언가 도우려고 애를 써서 우리 가치의 최고치를 재건한다. 그러나

이보다 덜 극단적인 상황이 앞에서와 같이 우리의 신경 체계에 일시적이나마 예리한 명석함을 복원시키기도 한다. 이때 습관은 죽은 게 아니라(혹은 같은 말이기는 하지만 사형선고를 받은 게 아니라), 단지 선잠이 들었다. 이와 같은 이차적이며 일시적인 경험은 고통을 동반할 수도 있고 동반하지 않을 수도 있다. 이것이 과도기를 의미하지는 않는다. 일차적이며 본질적인 경험은 고통과 불안—죽어가는 자들의 고통이나 배척당한 자들의 시기 어린 불안—없이는 존재하지 않는 법이다. 늙은 자아는 죽기 힘든 법이다. 그것은 따분함 자체이기도 하지만 동시에 안전을 보장해준다. 자아가 이 두 번째 기능을 제대로 수행하지 못하는 순간, 어떤 현상을 대면했을 때 그것을 안락하고 익숙한 개념의 틀 안에 집어넣지 못하게 되는 순간, 늙은 자아는 희생자와 현실의 광경 사이에 쳐야 하는 보호 유리 역할을 수행하지 못하게 되어 사라진다. 그리고 과거에 희생자였던 존재는 일순간 자유로워져서 현실을 대면하게 된다. 이에 따른 장점과 단점은 모두 존재한다. 이렇게 사라지는 자아는 애통해하고 원망에 차서 이를 간다. 삶이 유한한 소우주는 상대적으로 삶이 무한한 대우주를 용서하지 못한다. 위스키는 자신이 담긴 병을 원망한다. 화자는 낯선 방에서 잠들지 못한다. 새로운 방의 높은 천장은 그보다 낮은 천장에 익숙해 있던 화자를 고문한다. 이 순간 무슨 일이 일어나고 있는가? 예전에 체결된 계약은 무효가 된다. 그 계약에 높은 천장에 관한 조항은 없었다. 낮은 천장에 익숙했던 습관은 무효가 되고, 이제 높은 천장에 익숙해져야 하는 습관이 태어나기 위해서 과거의 습관은 죽어야 한다. 이런 죽음과 탄생 사이에서, 그 예리함이 극에 달한 의식은 참을 수 없는 현실을 열병 걸린 듯이 자각한다. 이런 의식은 재앙을 피하고 새로운 습관을 창조하기 위해 보다 완전하며 하나가 된 것으로, 새로운 습관은 그 위험의 신비뿐만 아니라 아름다움의 신비까지도 제거한다. 프루스트는 말한다. "만약 **습관**이 이차적인 성질의 것이라면, 이는 일차적인 성질의 잔인함도, 환희도 가지고 있지 않으면서 본질을 알지 못하게 방해한다."[12] 우리의 일차적인 성질은 자기 보존을 위한 동물적인 본능보다 더 깊이 내재한 본능으로, 우리는 이를 차후에 살펴볼 것인데, 이러한 본질은 습관이 사라지면 모습을 드러낸다. 이러한 잔인함과 환희는 현실의 잔인함과 환희이다. '현실의 환희'라는 표현 자체가 모순인 듯하다. 그럼에도 대상이 단순히 어느 덩어리의 일부라고만 느껴지는 대신 특별하며 유일하다고 느껴질 때, 그 대상이 모든 일반적인 개념으로부터 독립적이며, 결과의 당연한 원인을 제공하는 것으로부터 분리되고, 우리의 무지에 비추어 설명할 수 없으며 고립될 때, 오로지 이런 순간에만 대상은 환희의 근원이 될 수 있다. 불행하게도 **습관**은 이렇게 지각하는 방식에 거부권을 행사하고, 사물의 본질, 그 의미를 개념과 편견의 안개 속에 감춘다. 일반적으로 우리는 미적 경험이 그저 아는 것을 발견하는 데 그치고, 베데커 여행안내서가 도구가 아닌 목적이 되어버리는 여행객(그 어떤 수식어를 쓴들 중첩되는 표현일 뿐)이 된다. 이런 여행객은 지각 능력을 자연에 의해 박탈당하고, 운동의 법칙에 관한 본능적 지식을 교육에 의해 박탈당하며, 그의 감정은 짤막한 문구에 의해 마치 영원한 것인 양 새겨진다. 습관에 길들여진 인간은 자신의 지적 편견에 상응하지 않는 대상, 그가 소유하고 있는 총합체의 원리에 맞아떨어지지 않는 모든 대상으로부터 등을 돌린다. 이는 그가 **습관**에 의해 최소한의 노력만을 기울이도록 길들여졌기 때문이다.

프루스트의 소설에는 이렇듯 **습관**의 죽음, 그리고 그 통제적 기능의 일시적 상실이라는 두 가지 방식이 작용하는 경우가 많다. 나는 화자의 삶에서 벌어지는 두 사건에 대해서 여기 나열하겠다. 첫 번째 사건은 갱신된 계약을 보여주는 것으로, 프루스트식 기억과 깨달음에 대해 내가 언급할 때 설명할 또 다른 사건을 준비한다는 점에서 중요한 의미를 갖는다. 두 번째 사건은 화자가 가게 될 '고통의 길'[13]을 도모하기 위해 파기하는 계약을 형상화한다.

화자는 처음으로 노르망디에 위치한 해변가 휴양지인 발베크를 할머니[14]와 함께 방문한다. 그들은 그랑 호텔에 머문다. 화자는 여행의 피로로 열이 나고 기진맥진한 상태로 호텔 방에 들어간다. 하지만 낯선 물건들의 지옥 속에서 잠을 청하기는 불가능하다. 그의 모든 감각은 깨어난 상태로 방어적이 되어 경계하고 있고 촉각이 곤두서 있다. 마치 감옥 속에서 제대로 서 있을 수도, 앉아 있을 수도 없던 라 발뤼[15]의 고문받는 육체와도 같이 쉴 수 없는 상태다. 이렇듯 거대하고 끔찍한 방 안에 그의 육체를 위한 자리는 없다. 그의 곤두선 신경은 방을 커다란 가구들과 천둥 같은 소리, 그리고 색깔의 무시무시한 혼합체로 가득 채웠기 때문이다. 습관은 벽시계의 폭발음을 막을 시간도, 보라색 커튼의 적개심을 완화시킬 시간도, 가구들을 밀어 넣고, 전망대의 저 높은 천장을 낮출 시간도 주지 않는다. 야수의 동굴일 뿐 아직 완전한 방이 아닌 그곳에 혼자 남아서, 그의 방해로 잠에서 깬 가차 없이 낯선 것들로부터 사방에서 포위된 채 죽고만 싶은 심정이다. 그때 할머니가 나타난다. 그녀는 손자를 위로하고, 그가 신발 끈을 풀기 위해 몸을 굽히자 대신 해준다. 그가 옷을 갈아입고, 침대에 눕는 것을 도우며, 그의 방을 나가기 전에 밤에 필요한 게 생기면 언제든지 그들의 방 사이에 있는 벽을 두드려 신호를 보낼 것을 다짐시킨다. 그는 벽을 두드리고, 그녀는 온다. 하지만 그날 밤뿐만 아니라 다른 날 밤에도 그는 여전히 고통스럽다. 그는 그 고통을 어둡고, 유기적이며, 수줍은 거부로 받아들인다. 그의 삶에서 가장 좋았던 것들이 어떤 새로운 형태의 존재 앞에 서게 될 때, 자신들이 낄 자리가 없다는 사실을 발견하는 순간, 그 존재를 받아들이기를 거부한다는 것이다. 죽음에 대한 이러한 혐오감, 그의 인격의 영원한 꽃핌에 대한 이렇듯 지속적이며 절망적이고 매일 반복되는 저항은 질베르트 스완이 없는 삶, 부모님이 죽은 삶, 그리고 자신의 죽음에 대한 생각 자체가 불러일으키는 공포감을 설명하기도 한다. 하지만 이러한 분리—질베르트, 부모님, 그리고 자신과의 분리감—에 대한 공포감은 한층 더 큰 또 다른 공포감에 녹아든다. 그는 무관심이 분리에 따른 고통을 대신할 것을 알고, 부재가 더 이상 부재가 아니게 될 것을 안다. 이때는 **습관**과 그 연금술에 의해 고통받는 인간이 고통의 근원으로부터 무관한 이방인으로 변하는 순간이다. 그에게 고통의 근원은 추억 속 이야기에 불과할 뿐이다. 애정의 대상이 사라졌을 뿐 아니라, 그 애정 자체가 사라지기 때문이다. 그는 **천국**에서도 우리의 인격이 유지되리라는 꿈은 그야말로 모순이라고 말하는데, 왜냐하면 인생은 우리에게 거절된 모든 **천국들**의 연속으로, 유일한 진정한 **천국**은 우리가 잃어버린 **천국**이며, 불멸성에 대한 인간의 욕망은 죽음이 치유해줄 것이라고 한다.

파기된 계약을 보여주기 위해 내가 선택한 두 번째 사건은 마찬가지로 화자와 할머니에 대한 것이다. 화자는 친구인 생 루와 함께 동시에르에 머물고 있다. 그는 파리에 있는 할머니에게 전화를 건다. (이 전화 통화 묘사를 비롯해서 이와 쌍을 이루는 것으로, 그로부터 수년이 지난 후 게르망트 대공 부인을 처음으로 방문하고 돌아온 늦은 밤, 그가 알베르틴과 나누는 전화 통화 묘사를 읽고 나자, 콕토의 『사람 목소리』[16]는 진부할 뿐만 아니라, 피상적으로 진부하다고까지 느껴진다.) 전화국의 밤새하는 성모마리아들(sic)과 늘 반복하는 오해가 있은 후에, 그는 할머니의 목소리, 혹은 적어도 그가 할머니의 목소리라고 생각하는 것을 듣는다. 이때 그는 할머니의 목소리 자체만을, 그 온전한 실재를 처음으로 듣게 되는데, 그것은 여태까지 그가 할머니의 얼굴에서 펼쳐지는 음색을 따라가는 데 익숙해져 있던 목소리와 완전히 달라서, 그녀의 것이라고 생각되지 않을 정도다. 할머니의 목소리는 슬픔으로 가득하고, 그것의 연약함은 그녀가 정성 들여 꾸민 가면에 의해 가려지지도, 숨겨지지도 않은 상태다. 이 이상한 진짜 목소리는 주인의 고통을 나타내는 척도다. 그는 그 목소리를 그녀가 얼마나 고립되어 있는지, 그들이 얼마나 멀리 떨어져 있는지를 보여주는 상징이라 생각한다. 그것은 마치 죽은 자들의 만질 수 없는 목소리와도 같은 유령이다. 갑자기 목소리가 멈춘다. 그러자 할머니는 환영들과 함께 사라진 에우리디케처럼 영원히 되찾을 수 없을 것만 같다. 전화기 앞에서 화자는 혼자 할머니를 부르지만 아무 대답도 없다. 그 순간부터 아무것도 그를 동시에르에 잡아놓지 못한다. 할머니를 봐야만 한다. 그는 파리로 떠난다. 그가 할머니를 보는 순간, 그녀는 가장 좋아하는 작가인 세비녜 부인을 읽고 있다. 하지만 그녀는 그가 그 장소에 있다는 것을 모르기 때문에 그는 그곳에 없다. 그는 부재 속에 존재한다. 또한 여행의 피로와 걱정 때문에 그 순간 그의 습관, 할머니에 대한 그의 애정의 습관은 잠시 손을 놓은 상태다. 그의 시선은 모든 귀한 사물 안에서 과거의 거울을 보는 마법을 부리지 않는다. 그가 봐야 한다고 생각한 것은 눈과 사물 사이에 색안경을 씌울 시간이 없었다. 이때 눈은 사진기와도 같이 잔인하리만치 정확하게 작동한다. 그는 할머니를 실제 있는 그대로 사진에 담는다. 그 순간 그는 할머니가 이미 오래전에, 그것도 여러 번 죽었다는 것을 깨닫고 소스라친다. 그의 생각 속에서 사랑하던 익숙한 존재, 습관적인 기억에 의해 수년에 걸쳐 관대하고 긍정적으로 재생산된 그 존재는 더 이상 존재하지 않는다는 사실을 깨닫는다. 이 늙고 약간 정신이 나간 여자, 책에 빠져 공상을 하고, 세월의 무게에 짓눌리고, 얼굴에는 붉은 기운이 돌고, 뚱뚱하고 볼품없는 이 여자는 그가 한 번도 본 적 없는 낯선 사람이다.

그러나 낯섦은 짧다. 프루스트는 다음과 같이 쓴다. "**습관**은, 인간 식물들 사이에서 자라나기 위해 땅이 비옥할 필요가 가장 적은 식물이자, 가장 척박해 보이는 바위에서조차 제일 처음 자라나는 식물이다." 낯섦은 짧으며 위험할 정도로 고통스럽다. **습관**이 해야만 하는, 불필요하며 아연실색케 만드는 꼬인 양상의 임무는 우리의 내적인 감수성을 수천 가지 다양한 환경에 끝없이 맞추고 적응시키는 일이다. 고통을 느끼게 되는 순간은 부주의에 의한 것이건, 무능력에 의한 것이건, 습관이 임무를 완수하지 못했을 때다. 반면 습관이 임무를 완수하면 바로 권태가 등장한다. 시계의 추는 이 두 극단 사이를 끊임없이 왕복한다. 현실로 향하는 창문을 활짝 열리게 하며 모든 예술 경험의 첫째 조건인 **고통**, 그리고 실크해트를 쓰고 말쑥한 차림새의 관료들 무리로 구성되었으며 인간의 고통 중에서 가장 지속적이라는 이유로 가장 견딜 만한 **권태**가 양극을 이룬다. 이 끝없이 반복되는 고통과 권태의 연쇄 작용 및 그것을 구성하는 다양한 요소들은 우리에게 그다지 큰 영향을 끼치지 않는다. 내 안에 존재하는 다양한 자아들에 일관성이 없음은 실수를 연발하는 코미디만큼이나 우리에게 별 상관없다. 이렇게 다양하게 존재하는 자아들이 연속되는 가운데 그 어떤 것 하나도 우리는 제대로 알고 지나가는 법이 없고, 그저 막연하게, 혹은 가끔 프루스트의 경우처럼, 앞으로 지금보다 더 많이 가지게 될지라도 지금 이 순간 내가 가지고 있는 것이 더 의미가 큰 법이니만큼, 조금 더 뚜렷하게 알게 되기도 한다. 또한 내가 감히 이와 같은 은유의 아페리티프에 마전자(馬錢子)[17]를 섞어 표현한다면, 시적으로 깊이 파고드는 노력에 대한 헌정으로 월계관을 씌우는 것보다 양배추의 심지나 양파의 심장부를 주는 것이 더 적합하지 않을까. 나는 이 부분의 결론을 프루스트의 간략한 문장들의 보물 상자에서 찾고자 한다. "만약 **습관**이 존재하지 않는다면, 항상 **죽음**의 위협을 받는 사람들에게 삶은 매혹적으로 느껴질 것이다. 즉 모든 **사람들**에게."[18]

* * *

프루스트는 기억력이 나빴다. 그의 습관 또한 별로 효과적이지 못했다. 이는 그의 기억력이 별로 효과적이지 못했기 때문이리라. 기억력이 좋은 사람은 아무것도 기억해내지 못한다. 그는 아무것도 잊어버리지 않기 때문이다. 이런 사람의 기억은 일관되고 판에 박힌 것으로, 빈틈없는 습관의 조건이자 기능이다. 또한 발견할 때 쓰는 도구가 아닌 참고할 때 필요한 도구가 된다. 이런 기억력을 가진 사람은 "나는 어제 일처럼 기억한다…"를 상습적으로 말하고 다니는데, 이 표현 자체가 그의 기억의 가치를 나타낸다. 그는 어제를 기억할 수가 없다. 내일을 기억할 수 없는 것과 마찬가지다. 그는 단지 어제라는 것이 저 아래 가장 습한 날로 기록된 8월의 공휴일과 함께 빨랫줄에 매달려 마르는 것을 그저 바라볼 수만 있다. 그의 기억은 빨랫줄이고 과거의 이미지는 세탁이 된 더러웠던 빨래 더미로, 과거의 이미지는 그가 기억해내려고 할 때 필요한 것이 생기면 즉각 달려오는 충실하고 헌신적인 하인과 같다. 기억은 물론 자각력에 달려 있다. 호기심은 조건 없는 반사 신경으로, 그 가장 원시적인 현상은 위험을 감지했을 때 나타난다. 가장 고차원적이며 일단 보기에 본인의 이득과는 별개인 듯한 형태의 호기심이라 할지라도, 실용성과 완전히 무관한 경우는 드물다. 호기심은 습관이 털을 곤두세운 형태다. 우리의 신경은 어느 정도 이러한 동물적인 요소의 영향을 받는다. 호기심은 고양이(그게 치마를 입었건 네발로 기어 다니건)를 죽음으로 이끄는 게 아니라 위협으로부터 보호한다. 우리의 관심이 실용적일수록, 호기심이 기록하는 인상들은 더욱 뚜렷이 남는다. 그 전리품은 필요하면 언제든지 꺼내어 사용할 수 있는 장소에 저장된다. 그것의 공격성은 일종의 자기방어에 의해, 즉 변치 않는 것의 기능에 의해 결정되었기 때문이다. 극단적인 경우 기억은 습관과 너무나 긴밀하게 연결된 나머지, 추상적인 기억이 구체적인 형태를 띠게 되고, 위급한 순간에만 떠오르는 게 아니라, 습관적으로 더욱 단단해진다. 이 덕분에 우리의 부주의함은 다행히 언어와 관계된 기관들의 활발한 활동과 양립할 수 있게 된다. 하지만 나는 다시 한 번 말하지만 회상한다는 것, 그것은 가장 고차원적인 의미에서 우리 근심의 이러한 추출물들에게는 적용될 수 없다. 엄격한 의미에서 우리의 극단적인 부주의가 최후이자 접근할 수 없는 지하 감옥에 저장하고 간직한 것만을 기억할 수 있다. **습관**은 그 지하 감옥의 열쇠를 가지고 있지 않을 뿐만 아니라, 가지고 있을 필요도 없다. 왜냐하면 그 지하 감옥은 전쟁에 필요한 도구를 전혀 은닉하고 있지 않기 때문이다. 그곳, "우리의 레이더가 측정할 수 없는 심연" 속에는 자아의 정수가 보존되어 있다. 이는 우리를 구성하는 다양한 자아들 중에서 최상의 것으로, 단순하게 말하면 우주가 응축되어 있다고 할 수 있다. 최상의 것이라 표현할 수 있는 이유는 그것이 남몰래, 힘들게, 그리고 인내심 있게 우리의 저속한 비웃음을 받으며 축적되었기 때문이다. 이것은 또한 모든 것을 집어삼킬 준비가 된 거친 괴성에 파묻힌 조심스러운 열개(裂開)[19]의 억압된 신성함이 가지고 있는 귀한 정수이자, 조잡하고 볼품없는 딱딱한 껍질 속에 숨어 있는 진주다. 하지만 이는 드물게 일어난다. 가령 잠을 잘 때 정신이상의 넓은 공간으로, 혹은 깨어 있을 때 광기가 베푸는 은총 속으로 도망칠 때다. 이런 아득한 심연으로부터 프루스트는 그의 세계를 끌어올렸다. 그의 작품이 우연이 아니라, 그것의 구원이 우연이다. 우연이 어떻게 발생하는지는 분석의 절정에서 밝히도록 하겠다. 전해 듣는 절정이 아예 없는 것보다는 낫지 않은가. 하지만 더 이상 잠수부의 이름을 감추는 것은 소용없는 일이다. 프루스트는 그 잠수부를 '비의도적 기억'이라 부른다. 또한 진정한 기억이 아닌 기억, 구약성서의 색인 목록을 참고하는 행위를 '의도적 기억'이라고 부른다. 이것은 지성이 하는 획일적인 기억이다. 우리가 의식적이며 지적으로 받은 과거의 인상들을 떠올릴 때, 그리고 이런 인상을 이로운 방향으로 재생산하려 할 때 의도적 기억은 도움이 된다. 이런 기억은 우리의 가장 평범한 경험을 화려하게 물들이는 부주의에 의한 신비한 요소와는 전혀 관계가 없다. 의도적 기억이 재현하는 과거는 단색조다. 그것이 선택하는 이미지들은 상상이 선택한 것들만큼이나 임의적이고 현실과 동떨어져 있다. 프루스트는 의도적 기억은 우리가 사진첩을 뒤척일 때와 같이 작용한다고 말한다. 그것이 제공하는 자료는 과거와 아무런 관계가 없다. 지금 이 순간 우리의 근심과는 완전히 분리되어서, 뿌옇고 획일적인 투영에 불과하다. 다시 말해 아무것도 아니다. 꿈에 대한 기억과 현실에 대한 기억 사이에는 별반 차이가 없다고 프루스트는 말한다. 우리가 잠에서 깨어날 때, 습관의 근원인 의도적 기억은 우리에게 피곤은 사라졌지만 우리의 '개성'은 사라지지 않았다고 확인시킨다. 영혼의 부활을 같은 근원으로부터 파생된 마지막 오만함의 결과라고 생각하는 것도 (이와 같은 사념에 관심이 있는 사람들에게는) 가능한 일이다. 의도적 기억은 세상에 둘도 없는 이와 같이 필연적이고, 완전하며, 단조로운 표절, 즉 자기 표절을 강조한다. 이런 완전한 민주주의자는 파스칼의 『팡세』와 비누 광고 사이에 차이를 두지 않는다. **습관**이 권태의 여신이라면 의도적 기억은 새드웰, 그것도 아일랜드 혈통인 새드웰[20]이라 할 수 있다. 반면 비의도적 기억은 폭발적이다. 그것은 "기억의 즉각적이며, 달콤하고, 완전한 폭발"이다.[21] 비의도적 기억은 지나간 대상을 부활시킬 뿐만 아니라, 그 대상이 매혹시켰거나 죽인 나사로도 같이 부활시킨다. 그것은 대상과 나사로뿐만 아니라 그 이상을 부활시키는데, 그 이하이기 때문에 이상이라고 할 수 있다. 그 이상인 이유는 비의도적 기억은 유용한 것,

시기적절한 것, 그리고 우연인 것을 배제하기 때문이다. 또한 그 불꽃은 **습관**과 습관의 모든 작용 원리를 태워버렸고, 그 빛은 경험에 의한 거짓 현실이 절대로 밝히지도, 밝힐 수도 없는 것, 즉 실재를 드러냈기 때문이기도 하다. 비의도적 기억은 자신의 행동에 대한 지침을 받는 것을 허락하지 않는 반항적인 마술사이다. 비의도적 기억은 기적을 일으킬 시간과 장소를 직접 선택한다. 이런 기적이 프루스트 소설에서 몇 번이나 발생하는지 정확히는 모르겠다. 대략 열두 번에서 열세 번이 아닌가 싶다. 하지만 첫 번째 기적—홍차에 찍어 먹는 바로 그 유명한 마들렌 에피소드—은 프루스트의 작품 전체가 비의도적 기억의 영광과 그 기억의 서사적 위대함을 기리기 위해 지은 건축물이라는 주장을 증명하기에 충분하다. 찻잔에서 솟아나는 것은 콩브레와 그곳에서 보낸 어린 시절뿐만이 아닌 프루스트의 세계 전체다. 콩브레는 우리를 두 '쪽'으로, 그리고 스완에게로 안내한다. 스완에게 프루스트식 경험의 모든 요소들, 그 결과 모든 깨달음의 절정을 연결시킬 수 있기 때문이다. 스완은 발베크 이면에도 존재하며, 발베크는 알베르틴이자 생루다. 직접적으로는 스완은 오데트와 질베르트, 베르뒤랭 부부와 그들의 패거리, 뱅퇴유의 음악과 베르고트의 산문과 연결된다. 간접적으로는 (발베크와 생루를 통해서) 게르망트 가, 오리안과 공작, 대공 부인, 그리고 샤를뤼스와 연결된다. 스완은 건물 전체의 주춧돌이자, 오랫동안 잊고 있던 차에 적서진 마들렌의 맛에 의해 자극받고 매혹된 비의도적 기억이 찻잔이라는 깊이를 헤아릴 수 없이 평범한 얕은 우물에서부터 중요한 의미의 모든 입체감과 색채를 띤 채 부활하는 화자의 어린 시절에서 주요 인물이다.

* * *

약삭빠른 야누스 혹은 삼두 괴물의 신—**시간**(죽음의 도구이기에 부활을 위해 필수적인 조건), **습관**(위험천만한 흥분을 억누를 수 있다는 점에서는 저주이지만, 잔인함을 완화시킨다는 점에서는 축복), **기억**(독과 약, 흥분제와 안정제가 공존하는 임상 실험실)—, **그**의 폭정과 감시로부터 빠져나가기 위해 정신은 기적적인 탈출구를 모색한다. 순간적이며 예상치 못한 순간, 즉 삶의 폭풍 한가운데에서 일어나는 그 해방은 (반드시 그런 것은 아니지만) **습관**이 제 임무를 소홀히 하거나 모습을 감추는 순간 비의도적 기억이 자극되면서 벌어진다. 프루스트는 이와 같은 영적인 경험을 그의 교향곡의 라이트모티프(Leitmotiv)로 설정한다. 뱅퇴유의 7중주에 등장하는 붉은 악절[22]과도 같이 반복적이고, 주제라기보다는 편두통에 가까운 이 집요하고 단조로운 라이트모티프는 한층 더 섬세하고 신경질적인 모습으로 솟구치기 위해 심연으로 사라진다. 이때 다시 나타나는 테마는 현실에서 따온 다양한 요소들이 이상하게, 그리고 필연적으로 혼합되어 더욱 분명하고, 본질적인 양상을 띤 채 정밀해지고 정화되기를 반복한 후 정상에 도달해 그곳에서부터 자신이 올라오기까지 있었던 모든 사소한 사건들까지 통제하고 밝히며, 그곳에서 승리의 선전포고를 한다. 이 라이트모티프는 가장 처음 마들렌 에피소드에서 등장하고, 이후에 『되찾은 시간』의 두 번째 권 도입부 중, 게르망트의 저택에서 다양한 방법으로 완전한 표현을 통해 절정을 이루기 전까지, 적어도 다섯 개의 주요한 대목에서 나타난다.[23] 이렇듯 프루스트의 해답은 문제 제기를 하는 부분에 이미 씨앗을 품고 있다. 이 '신성한 행위'의 기원, 근원이자 영성체를 구성하는 요소들은 물리적인 세계의 즉각적이며 우연적인 자각의 섬광에 의해 제공된다. 그 과정은 거의 이성화된 정령숭배 수준이다. 숭배 의식의 목록은 다음과 같다.

1. 홍차에 적신 마들렌(『스완네 집 쪽으로』, 1권, 44-7면).
2. 페르스피에 의사의 마차에서 바라본 마르탱빌의 종탑들(같은 책, 178-80면).
3. 샹젤리제의 공중화장실에서 맡은 갇힌 냄새(『꽃핀 소녀들의 그늘에서』, 1권, 483면).
4. 빌파리시스 부인의 마차에서 바라본 발베크 근처의 나무 세 그루(같은 책, 2권, 77면).
5. 발베크 근처의 산사나무 덤불(같은 책, 274-5면).
6. 발베크의 그랑 호텔을 두 번째 방문하던 중, 그가 신발 끈을

풀기 위해 몸을 굽힘(『소돔과 고모라』, 3권, 152-3면).

7. 게르망트 대공 앞마당의 고르지 못한 포석들(『되찾은 시간』, 4권, 445면).
8. 접시에 스푼이 부딪히며 내는 소리(같은 책, 446면).
9. 그가 냅킨으로 입가를 닦음(같은 책, 447면).
10. 물이 배관을 통해 내려가는 소리(같은 책, 452면).
11. 조르주 상드의 『프랑수아 르 샹피』(같은 책, 461-2면).

목록은 완전하지 않다. 다양한 시도나 중간에 중단된 경험들은 반복적으로 되풀이되기 때문에 목록에 포함시키지 않았다. 이것들은 라이트모티프를 구성하기보다는 앞으로 발생할 일의 전조에 가깝기 때문이다. 그 가운데 막연하고 미완성인 환기들 중에서 세 개의 요소들로 구성된 묶음(『게르망트 쪽』, 2권, 685, 690, 691면)이 특히 의미심장하다. 화자는 그의 집에서 스테르마리아 양[24](그날 저녁 그녀가 약속을 지키기만 했다면 그녀는 화자의 알베르틴이 되었을 수도 있었을 것이다)을 기다리고 있다. 그가 창문에 드리운 커튼 너머로 투과되는 석양의 빛을 보는 순간, 이제 막 도착한 로베르 드 생루와 함께 계단을 내려오는 순간, 마지막으로 거리를 가득 채운 짙은 안개를 보는 순간, 그는 발베크에 이어 동시에르, 그리고 콩브레까지 연속적으로 이동된다. 이 세 가지 환기는 완전하지는 않지만 매우 강하게 화자를 흔들어놓는다. 본질적으로, 그리고 물질적으로 상이한 요소들로 구성된 과거의 순간들이 그의 의식을 한순간 지배한다. 콩브레의 어둡고 거친 사암은 리브벨의 투명하고, 매끄럽고, 단단하고 분홍빛을 띠는 백대리석과 대조된다. 하지만 화자는 혼자가 아니었고, 생루가 그의 사색을 중단시킨다. 그럼으로써 그의 삶의 전환점, 절정이 그로부터 수년이 지나서야 게르망트 대공 부인의 안뜰과 서재에서 일어나게 되고, 지금 이 순간은 급히 사라지는 다양한 전조들 중 하나를 구성할 뿐이다.

목록에서 마지막 다섯 가지 상기—포석, 스푼과 접시, 냅킨, 물소리, 『프랑수아 르 샹피』—는 단 하나의 유일한 깨달음을 위한 것이며, 그의 삶과 작품의 열쇠를 제공한다. 여섯 번째 상기는 특별히 중요하다고 할 수 있다(비록 프루스트식 기억의 전형이라고 늘 인용되는 그 유명한 마들렌에 비해서는 덜 유명하지만). 그것은 라이트모티프가 집중적으로 등장하는 에피소드이기 때문만은 아니며, 습관과 기억이 서로 연결되어 작용하도록 프루스트가 만든 이 변덕스러운 메커니즘의 결과물이기 때문이다. 알베르틴과 프루스트식 『방법서설』은 이왕 오래 기다렸으니 조금 더 기다려도 될 것이다. 독자는 이제 '마음의 간헐'에 해당하는 부분,[25] 즉 소설 속에서 프루스트가 쓴 가장 아름다운 부분의 다음과 같은 요약본을 건너뛰어도 무방하다.

해당 에피소드는 화자의 두 번째 발베크 체류 중 첫날밤에 벌어진다. 이번에 그는 지난해 돌아가신 할머니 대신 엄마와 함께 있다. 하지만 프랑스가 오를레앙 공국을 합병한 것만큼이나 확실하게 죽은 자는 산 자를 합병한다. 그의 엄마는 할머니가 되었다. 그것이 죽은 자를 지나치게 그리워하기 때문인지, 혹은 죽은 자에 대한 숭배 때문인지, 고통이 자극을 주지 않았다면 느리게, 거의 알아보지 못할 정도로 천천히 자랐을 유전 배아의 변신을 촉진시켜 번데기에서 깨어 나오게 하는 상실의 효과 때문인지는 모르겠다. 엄마는 할머니가 쓰던 손가방과 토시를 그대로 사용하고, 세비녜 부인의 서간집을 늘 곁에 둔다. 예전에 할머니가 편지를 쓸 때면 세비녜 부인이나 보세르장 부인의 편지를 인용하지 않고는 배기지 못한다고 엄마가 놀리고는 했었는데, 이제 그녀가 아들에게 편지를 쓸 때 서간집이나 회상록의 구절을 인용한다. 화자가 발베크를 두 번째로 방문하게 만든 이유들은 더 이상 그를 끝없이 괴롭히던 이유들(스완과 그의 개인적인 환상이 만들어낸 이유들)이 아니다. 현실에 의해 상상의 신기루가 기억의 신기루로 변하고, 미지가 갖고 있는 매력이 사라지기 전까지 발베크라는 이름이 그 자체로 신비함과 아름다움을 소유하고 있었을 때, 그는 발베크를 처음 방문한다. 그 이후 베네치아는 같은 식으로 변하게 된다. 마치 신비한 지방의 '낡은 기차' 역의 오디세이가 어원에 대해 이야기하는 브리쇼에 의해, 그리고 친근함이 생기면서 나타나는 경멸에 의해 변하게 되는 것처럼 말이다. 발베크에 있는 페르시아 양식의 성당에는 '높은 파도'[26]에 둘러싸인 스테인드글라스와 노르망디의 절벽을 이루는 화강암 바위로 된 종탑이 있는데, 이 성당은 이후 퓌트뷔스 부인의 하녀, 마치 조르조네의 그림에서 튀어나온 듯한 하녀에 의해 대체된다.

그가 도착했을 때는 지난번처럼 피곤하고 아픈 상태다. 앞서 우리는 **습관**이 사라지는 순간의 예로써 그 에피소드를 분석했다. 하지만 이번에는 용이 길들여졌고, 동굴은 방이 되었다. 습관은 재정비되었다. 이를 두고 프루스트는 "익숙한 우리의 영혼을 겹먹은 우리 주변 사물들의 영혼에 올려놓는 행위와도 같은 것으로 눈꺼풀을 밖으로 뒤집는 것보다 길고 어려운 일"[27]이라고 표현한 바 있다. 그는 심장에 무리가 되지 않도록 조심하면서 신발 끈을 풀기 위해 몸을 숙인다. 순간 갑자기 친근하면서도 신성한 존재감이 그를 엄습한다. 수년 전, 슬픔과 피로로 기진맥진한 지금과 비슷한 순간에 그를 진정시켰던 다정함을 가진 이 존재에 의해 그는 다시 한 번 자기 자신을 되찾게 된다. 그는 예전에 할머니가 그에게 했던 것처럼, 샹젤리제에서 발작을 일으켰던 그 숙명의 날까지 그녀가 계속해서 그에게 했던 것처럼, 이번에도 그에게 자신을 되찾게 해주었다. 그날 이후부터는 남아 있는 그녀의 것이라고는 단지 이름뿐으로, 화자에게 그녀의 죽음은 낯선 자의 죽음만큼이나 아무런 의미가 없었다. 그녀의 장례가 있은 후 1년이 지난 오늘, 비의도적 기억의 신비한 힘 덕분에 그는 그녀가 죽었다는 것을 알게 된다. 어느 순간이 되면, 우리의 영혼 전체는 대차대조표가 아무리 긍정적인 결과를 보여준다 해도 그 가치는 어디까지나 허구일 뿐이다. 영혼의 자산은 완전하게 현금화할 수 없는 법이다. 하지만 화자는 이 몸짓으로 할머니의 잃어버린 실재뿐만 아니라, 그 자신의 잃어버린 실재, 잃어버린 자신의 실재를 되찾았다. 이 모든 것으로 우리는 **시간**을 일종의 무한한 평행선들의 연속으로 표현할 수 있게 된다. 갑자기 그의 삶은 어떤 연속성도 없이, 할머니가 그의 슬픔 위로 몸을 굽혔던 과거의 그 순간이 구성하는 다른 선 위로 옮겨진다. 그는 이 같은 오랜 간헐적인 기간에 인상을 남긴 사건들, 바로 조금 전에 일어난 사건들도 다시 떠올릴 수 없다. 마치 그 과도기에 나날들이 엮어서 만든 장식 융단 속에서 할머니와 그녀를 향한 그의 애정이 상징하는 그토록 진귀한 단면을 잔인하게 박탈당한 것과도 같다. 하지만 과거의 삶이 부활하려는 순간, 시간은 앞으로 흐르는 것을 멈추고 잔인하게 역행한다. 그의 할머니는 이미 죽은 것이다. 그녀의 죽음 이후 처음으로, 상젤리제에서의 발작 이후 처음으로 그는 그녀가 예전에 콩브레에서, 파리에서, 그리고 발베크에서 종종 그랬던 것처럼 생기 넘치는, 본질적인 그녀의 모습을 되찾는다. 그녀의 죽음 이후 처음으로 그는 그녀가 죽었다는 것을, 죽은 사람이 누구인지 안다. 그녀가 죽었다는 사실을 받아들이기 전에 그는 생기 넘치고 온화함으로 가득한 그녀, 앞으로는 그 어떤 온화함도 표현하지 못할 그녀를 되찾아야만 했다. 존재와 돌이킬 수 없는 상실이 형성하는 모순은 견디기 힘든 것이다. 단지 기억 자체만이 아니라 숙명과 같은 그들의 관계가 쌓은 경험 자체가, 이 같은 상황에서 되돌아봤을 때 숙명에 대해 말하는 것 자체가 미친 짓이라는 확신에 의해 완전히 없어진다. 할머니는 그저 우연에 의해 그의 할머니였을 뿐이고, 그녀와 함께 보낸 몇 해들은 그저 일종의 사고이며, 그녀와 만나기 전까지 그가 그녀에게 아무 존재도 아니었던 것처럼 그녀가 떠난 지금 그는 그녀에게 아무 존재도 아니다. 그는 "생존과 무 사이에 존재하는 (…) 고통스러운 총체"[28]를 이해할 수 없다. 그는 다음과 같이 쓴다. "이토록 괴롭고 지금으로서는 이해할 수 없는 인상으로부터 내가 언젠가는 약간의 진리를 추출할 수 있을지 확신할 수는 없지만, 그 같은 약간의 진리를 만약 추출할 수 있다면 그것은 그토록 특별하고, 본능적인 그녀로부터 오는 진리일 수밖에 없다. 그 진리는 나의 이성이 만들어낸 것도, 나의 소심함이 완화시킨 것도 아니고, 죽음 자체가, 죽음의 갑작스러운 상기가 마치 천둥이 초자연적이며 비인간적인 표기로 내 안에 이중적이며 신비한 골을 새겨 넣은 것과 같을 것이다."[29] 하지만 벌써부터 살고자 하는 의지, 고통을 피하고자 하는 의지, 즉 **습관**이 순간적인 마비에서 깨어나 해로우면서도 필수적인 토대를 닦기 시작한다.

할머니의 모습은 점점 지워지고, 의식적으로 상기하려는 그 어떤 노력도 전달하거나 부활시키지 못한 선명함과 기적적인 입체감을 잃기 시작한다. 망설이는 그의 절망의 메시지를 전달한 악기와도 같은 호텔 방 칸막이를 보는 순간, 그녀는 잠시 재등장한다. 또한 며칠 후, 그가 기차를 타고 가던 중 차양을 내리는 순간, 할머니가 어찌나 생생하고도 고통스럽게 상기되던지, 그는 베르뒤랭 부인을 방문하려던 계획을 포기하고 기차에서 내린다. 이 새로운 깨달음의 빛, 이토록 격하고 강한 과거의 빛을 끄기 위해서는 무거운 발걸음을 이끌고 연민과 후회의 고난을 넘어야 한다. 죽은 자에게 우리가 가했던 잔인함에 대한 기억을 간직하는 것은 스스로를 채찍질하는 것과 같다. 죽은 자는 그들을 기억하는 자의 가슴에 남아 있는 동안만 죽기 때문이다. 과거의 누군가가 겪은 고통에 대해 연민을 느끼는 것은 그 고통을 받은 자가 의식한 것보다 그 고통에 대한 한층 구체적이며 잔인한 표현이다. 고통을 받은 자에게는 적어도 그것을 보아야만 하는 타자의 절망이 배제되어 있는 셈이다. 화자는 발베크를 처음 방문하던 기간에 벌어진 한 사건을 이야기한다. 그는 지나치게 치장한 경박한 늙은 여자의 모습을 한 할머니를 떠올린다. 그녀는 자신의 마지막 날들에 대한 기억이나마 사랑하는 손자가 간직할 수 있도록 생루가 자신을 사진 찍도록 고집한다. 그랑 호텔의 점장은 나중에 화자에게 할머니 병의 증상이 이미 그때부터 졸도를 통해 나타나기 시작했다고 알려준다(점장은 '졸도'를 가리키는 'syncopes'라는 표현 대신에 'symcopes'라고 잘못된 표현을 사용하는데, 이를 통해 의도치 않게 가슴 아픈 기억을 새롭게 상기시킨다). 실제로 그녀는 여러 차례 졸도해서 자신의 죽음이 임박하다는 사실을 알고 있었다. 사진에 담길 자신의 모습이 환자가 아닌 예전의 할머니이기를 바랐던 그녀는 짙은 화장에 화려한 모자를 쓰고 나타난다. 이런 모습의 할머니를 보며 화자는 허영심에 의한 어리석은 행동이라 비난한다. 바로 이런 이유 때문에 미란다[30]와는 반대로, 예전에 보지 못했던 할머니의 고통을 나누고자 한다. 프랑수아즈가 조토의 「자비」를 닮은 부엌일을 거드는 만삭이던 하녀를 못살게 굴거나, 살아 있는 동물을 요리하기 위해 잔인하게 죽이는 것은 전혀 개의치 않지만, 중국에서 지진이 일어났다는 소식에 눈물을 펑펑 흘리는 것처럼, 그에게 고통은 거리를 두고서만 느낄 수 있는 것과 같다.

* * *

알베르틴의 비극은 화자의 첫 번째 발베크 체류 중에 벌어지고, 파리에서 복잡해지다가, 두 번째 발베크 체류 중에 일단락 지어지며, 파리에서 화자가 그녀를 감시하면서 완전해진다. 자전거를 탄 모습으로 처음 그의 앞에 등장하는 알베르틴은 발베크의 '작은 무리'의 광채 속에 섞인 채다. 그녀는 바다를 배경으로 늘어나기와 줄어들기를 반복하는, 뭐라 정의할 수 없고 범접할 수 없는 아름다운 행렬 속 다른 많은 요소들 중 하나였고, 선망에 찬 경외심에 사로잡힌 화자의 눈에 그것은 마치 벽화 속 장식 띠나 행렬과도 같이 그를 영원히, 그리고 철저하게 배제하는 것처럼 보인다. 그 젊은 여인에게는 개성이 없다. 그녀는 마치 물결의 방향을 바꾸게 하는 펜실베이니아류 장미꽃 울타리를 구성하는 수많은 꽃들 중 한 송이에 불과하다. 처음에 느꼈던 이 집합체의 신비함은 화자로 하여금 그로부터 수년이 지난 후, 알베르틴이 그 무리에서 떨어져 나와 그에게 갇힌 신세가 된 후에도, 그 별자리를 구성하는 성운들이 단 하나의 별로 집결하게 된 순간에도, 그녀를 향한 그의 사랑의 객관적인 현실을 부정하게 만들 뿐만 아니라(질베르트의 경우에도 그랬듯이), 알베르틴의 이미지를 전혀 다른 이미지와 겹쳐보면서 그 사랑의 주관적인 현실 또한 부정하게 만든다. 하루는, 해변가에서 그녀가 그에게 시선을 던진다(그녀가 알베르틴이었다는 사실은 후에 알게 된다). 그는 다음과 같이 쓴다. "내가 만약 그녀의 눈 속에 있는 것을 소유하지 못하게 된다면, 자전거를 탄 이 젊은 여인을 영원히 소유하지 못하리라는 것을 깨달았다."[31] 그의 상상력은 자전거를 탄 바쿠스 제사들의 시끌벅적한 무리인 이 연약하고 추상적이라고 할 수 있는 번데기에 계속해서 고치를 짓는다. 화가 엘스티르에 의해 그녀를 알게 되는데, 점차 알게 될수록 그녀는 그가 상상했던 그녀가 아니다. 그의 상상력과 욕망이 만들어낸 조각들은 하나씩 하나씩 그것보다 훨씬 가치가 덜한 것으로 대체된다. 봉탕 부인과의 혈연, 처음에 보인 호의, 그녀의 턱에 있는 점이 만들어내는 가시적인 효과, '상당히(tout à fait)' 대신 '완벽하게(parfaitement)'라는 부사를 사용해 말하는 방식, 그녀의 모든 선들의 시각적인 무게중심인 듯한 일시적으로 부은 관자놀이, 이 모든 요소들이 해변의 꽃인 첫 번째 알베르틴과 전혀 다른 두 번째 알베르틴을 만드는 데 일조한다. 마찬가지로 콧소리를 내며 발음하는 방식, 완벽한 속어의 구사, 붓기가 가라앉은 관자놀이, 그리고 턱에 있던 점이 입술 위쪽으로 옮겨간 마술 같은 이동, 이 모든 것이 구성하는 세 번째 알베르틴은 두 번째와 완전히 다르다. 이렇게 회화적으로 다양성을 띠게 되는 알베르틴은 곧 조형적으로도, 윤리적으로도 다양한 측면들을 갖게 된다. 이는 단순히 표면을 바꾸거나 관찰자가 각도를 바꾸어 대상의 활발한 내적 다양성이 나타난 것이라기보다는, 주체의 통제에 제압되지 않는 객체의 근본적인 다양성과 모순에 기인한 것이라 할 수 있다. 하지만 알베르틴의 다양한 표현들이 구성하는 만화경을 보면서(처음에 표면적이고, 매끈하고, 반짝이던 그녀의 얼굴은 이어서 정성 들여 윤을 낸 반투명 유리처럼 느껴지다가, 나중에는 시클라멘의 분홍빛 띤 자색으로 충혈되어 보인다), 그는 이때 벌써 **이름**이란 원시사회의 단순한 징표이자, '호메로스'나 '대양' 같은 단어들처럼 적절하지 못한 관습이라고 결론짓는다. 그녀는 자신에게 접근하려는 그를 차갑게 밀어낸다. 이를 보고 그는 알베르틴이 정숙한 처녀일 것이라 결론짓고, 그녀가 자전거 선수나 권투 선수의 애인일 것이라는 자신의 첫 번째 가정은 완전히 어긋났을 뿐만 아니라, 그녀의 성격을 전혀 이해하지 못한 채 만들어낸 가정이었다고 믿게 된다. 그는 알베르틴이 정숙하다고 추론하고, 첫 번째 발베크 체류는 그런 인상 속에서 마무리된다.

이런 인상은 알베르틴이 그를 만나러 파리에 오면서 바뀐다. '탁월한(distingué)', '내 느낌으로는(à mon sens)', '일본 처녀(mousmé)', '시간의 경과(laps de temps)'와 같은 새로운 어휘를 사용하는데, 예전에는 그에게 쌀쌀했던 만큼이나

이번에는 넘쳐나는 호의를 보이는 새롭고, 세련된 알베르틴이다. 그사이에 그녀가 무언가를 배우게 되었다고 여긴 화자는 다음 세 명의 다른 알베르틴을 연결하는 공통분모를 발견할 수가 없다: 해변의 비현실적이고 열정적인 알베르틴, 발베크에서의 체류 후반부에 알게 된 현실적이며 정숙한 알베르틴, 그리고 첫 번째 이미지를 간직하면서도 두 번째 이미지와 상응하는 지금의 세 번째 알베르틴. "내 지식의 과잉은 일시적으로 불가지론으로 귀결되었다. 처음에 믿었던 것이 이후에 거짓이라고 밝혀졌다가, 다시금 처음에 믿었던 것이 옳다고 밝혀지는데 대체 무엇이 확실하다고 말할 수 있단 말인가?"[32] 그가 알베르틴과 함께 지내며 느끼게 되는 기쁨은, 발베크와 바다라는, 그녀가 상징하는 비물질적인 현실에 대한 그의 생각과 함께 점점 고조된다. "마치 대상을 물질적으로 소유하는 것, 마을에 거처를 두는 것이 그것을 정신적으로 소유한다고 믿는 것처럼."[33] 욕망의 이러한 복합적인 대상은 — 여인과 바다라는 — 첫 번째 요소의 습관에 의해 두 번째 요소로부터 자유로워진다. 두 번째 복합적 대상은 질투에 의해 형성될 수 있으며, 인간과 바다가 한 덩어리를 이룰 수 있게 되지만 이때는 더 이상 시선에 의한 것이 아닌 심장의 자극에 의한 것이다. 하지만 이번 알베르틴조차 너무 다양하다. 마치 가장 최신의 사진술로 하나의 똑같은 성당 내부에 전혀 다른 여러 아치형 통로들이 있는 것처럼 표현하는 것이나, 다리의 두 기둥 사이, 혹은 두 개의 나뭇잎 사이로 원경이 거대하게 펼쳐지듯이 표현하는 것처럼, 단단해 보이는 대상은 그것을 구성하는 수많은 다른 요소들로 분해된다. 그의 입술이 알베르틴의 뺨을 향해 가는 그 짧은 거리 동안, 열 명의 알베르틴이 생겨나고 평범한 한 인간은 여러 개의 얼굴을 가진 여신으로 변신한다. 하지만 그녀와의 삶이 불행할 것이라는 위협은 그가 처음으로 게르망트 대공 부인의 집에 초대받고 돌아온 후, 알베르틴을 기다리며(그날 저녁, 그녀는 신비한 스테르마리아 양에 가려져 그의 머릿속에서 완전히 잊혔었다) 혼자 방에 앉아 있을 때 이미 예고된다. 그녀는 올 것이라 약속했지만, 오지 않는다. 그녀를 계속 기다리며 단순히 육체적이던 짜증이 완전히 정신적인 불안으로 바뀌어,

알베르틴의 발소리나 기적적인 전화벨 소리를 기다리는 것은 화자의 귀나 생각이 아니라, 그의 심장 자체가 된다. 불안에 사로잡혀 그는 잘츠부르크의 샹들리에에 욕망의 크리스털이라는 또 다른 크리스털을 하나 더한 셈이다. 콩브레에서 그를 가혹하게 괴롭혔던 욕망과 같은 것으로, 어머니가 입맞춤의 영성체로써만 진정시킬 수 있었던 바로 그 욕망이다. 하지만 알베르틴이 자신이 늦는 이유를 설명하기 위해 전화하고, 마침내 그녀가 올 것이라는 사실을 확신하는 순간, 그는 이 속되고, 평범하고, 하물며 다른 소녀들보다도 훨씬 못한 그녀에게서 그 어떤 기적으로도 대체할 수 없는 위안과 구원을 갈구했었던 사실을 믿을 수 없다. "우리는 완전히 소유할 수 없는 것만 사랑한다. (…) 사랑은 정복할 것이 남아 있는 경우에만 지속된다."[34]

두 번째 발베크 체류는 할머니의 뒤늦은 상실과 애도로 시작되고, 그야말로 피상적인 한 사람을 깊이를 헤아릴 수 없는 창조물로 완성시키고, 마침내 그 윤곽을 드러내게 한다. 알베르틴과 친구 앙드레(해변가 무리의 구성원 중 하나)가 앵카르빌의 카지노에서 함께 춤을 추는 모습을 보고 코타르 의사가 거드름을 피우며 성도착의 경우라고 진단한 순간부터 그들의 '상호적 고문'[35]이 시작된다. 이때부터 모든 것은 거짓말과 이에 답하기 위한 또 다른 거짓말, 추적과 도주일 뿐이며, 화자의 사랑은 알베르틴이 빠져나갈 구실을 얼마나 설득력 있게 펼치느냐에 따라 그 정도가 비례한다. 알베르틴은 사랑받는다고 믿는 모든 자들이 하는 것처럼 단순히 거짓말을 하는 게 아니다. 그녀에게 거짓말은 천성이다. 일련의 사건들로 인해 알베르틴에 대한 화자의 의심은 단단해진다. 즉 그녀를 향한 그의 사랑이 커짐을 의미한다. 그녀는 약속 장소에 오지 않고, 앵프르빌에 있는 그녀 숙모의 어느 전설적인 친구와의 약속에 대해 거짓말을 하며, 동성애자인 블로크 양과 그녀의 사촌이 거울에 비친 모습을 보지만 그녀들을 봤다는 사실을 부정한다. 화자의 질투와 무능력감이 최고에 달했을 때, 갑자기 그의 마음이 안정된다. 알베르틴이 그와 가까운 곳에 있고 고분고분해지자 그는 안심한다. 그는 자신에게 전혀 저항하지 않는 이 새로운 창조물에게 관심이 덜해진다. 그는 그녀와 결별을 결심하고 자신의 결정을 엄마에게 알린다. 어느 저녁, 그는 알베르틴과 라스펠리에르에서 만찬을 함께한 후, '낡은 기차'를 타고 돌아오면서 어떤 식으로 그녀에게 이별을 선언할지 궁리하다가, 우연히 뱅퇴유의 음악에 관심이 있다고 말한다. 알베르틴은 그림과 건축에 있어서는 꽤 고상한 취향을 가지고 있지만 음악에 있어서만큼은 날것 자체였는데, 좋은 인상을 주기 위해서, 뱅퇴유의 딸을 비롯해 그녀의 친구인 배우 레아와의 친분 덕분에 뱅퇴유의 음악을 잘 알고 있다고 말한다. 그 순간 화자의 질투심은 절정에 달하고, 과거 몽주뱅에서 목격한 끔찍한 장면이 떠오른다. 화자는 그 두 레즈비언[36]이 얼마 전에 세상을 떠난 뱅퇴유의 사진을 향해 모욕적인 언사를 하면서 자신들의 새디스트적 기쁨을 한층 자극시키던 장면을 기억한다.[37] 몽주뱅의 기억은 아가멤논이 살해당한 것을 복수하기 위해 되돌아온 오레스테스처럼 솟아오른다. 그는 할머니를, 그가 그녀에게 얼마나 잔인했던지를 떠올린다. 바로 전까지만 해도 그의 가슴에서부터 그토록 멀리 있고, 상관없던 알베르틴은 이제 단순히 집착의 대상이 될 뿐 아니라, 그의 일부이자, 그의 안에 존재한다. 기차에서 내리기 위해 그녀가 취하는 몸짓만으로도 그의 육신은 찢어지는 것 같다. 그는 그녀를 강제로 발베크로 데려간다. 해변과 파도는 더 이상 그곳에 존재하지 않는다. 여름은 끝났다. 바다는 사디스트적 유희와 모욕받은 사진을 상징하는 끔찍한 몽주뱅을 가릴 수 있는 베일이 아니다.[38] 그는 알베르틴에게서 또 다른 라셸과 또 다른 오데트, 그리고 이기심이 부른 애정의 헛됨과 야속함을 본다. 그는 자신의 삶을 즐거움이라고는 전혀 없는, 그저 옛 추억과 고독으로 점철된 새벽의 연속으로 본다. 그다음 날 아침, 그는 알베르틴을 파리로 데려오고 그의 집에 가둔다.

알베르틴과의 동거는 활화산과도 같다. 연속적인 폭발 — **화**, 질투, 시기, 호기심, 고통, 자부심, 존경과 사랑 — 이 그의 영혼을 찢어버린다. 특히 사랑은 기억과 상상력이 제공한 임의적인 이미지들이 그 구조를 만들어낸 인위적인 발명품이다. 그는 자신이 더욱 고통받는 한이 있더라도 알베르틴을 자신이 만든 사랑에 부합하도록 강요한다. 알베르틴의 개성은 중요하지 않다. 그녀는 더 이상 사랑의 동기가 아닌 관념이 된다. 엘스티르가 그린 초상화 속의 오데트, 즉 사랑받는 여인이 아닌 사랑이 허상을 덧씌운 초상화 속 여인과 실제 오데트 사이에 차이가 나는 것과 마찬가지다. 화자가 느끼는 불안은 알베르틴에게 책임이 있다기보다는, 습관이 그녀에게 옭아맨 고통과 감정의 작용 원리에 의한 것이다. 알베르틴과의 삶은 실제적으로 어떤 긍정적이며 유익한 것도 가져다주지 못하며, 전유물에 대해 단순히 안심하는 마음이 드는 것과 같다. 그렇다고 해도 영원히 안심할 수 있는 것도 아니다. 알베르틴은 여전히 수수께끼 같은 면을 간직하고 있는데, 그 신비함을 화자는 발베크에서 그녀를 처음 만났을 때 그녀의 두 눈에서 읽은 적이 있었다. 그 신비감이 그를 매료시켰던 것인데, 이제 그 신비감은 그의 독점권이 위태로움을 상징하기에 그것을 없애려 하고 있다. 그들 관계의 마지막 단계는 처음 단계와 같은 양상을 띤다. 그들의 관계는 그녀를 향한 그의 질투심과 그녀의 음흉함에 기반을 두고 시작됐다. "사랑은 거짓말에 의해서만 만들어지고, 고통은 그 원인이 된 당사자에 의해서만 완화되는 것을 우리가 보기를 원하는 이 세상에서 감히 어떻게 살기를 바라고, 죽음에 대항하기 위해 도대체 어떤 몸짓을 할 수 있단 말인가?"[39] 모든 문학사를 통틀어 고독과 비난이 난무하는 사막, 사람들이 사랑이라 부르는 이것을 이토록 악마적이고 죄의식 없이 전개한 작품은 찾아볼 수 없다. 이에 견주면 『아돌프』[40]는 경쾌한 비방이자, 침이 튀는 우스꽝스러운 서사시이며, 캉브르메르 부인(그녀의 이름은 오리안 드 게르망트처럼 스완에게 깊은 인상을 남기지만, 제때 멈춘다)의 넋두리에 불과하다. 알베르틴의 말 한 마디, 행동 하나가 모두 화자의 질투와 의심의 회오리에 휩싸여 재해석되고 오독된다. 그는 신랄한 의심의 눈길로 모든 사건들을 분해하며 떠올린다. "나의 상상력은 욕망의 이 대수학에 있는 미지수에 등식을 성립시키고는 했다."[41] 하지만 알베르틴은 도망치는 중이고, 물리학에서 우리가 속도라고 부르는 요소를 배제한 상태에서 그 등식은 성립되지 않는다. 움직이지 않는 알베르틴은 곧 정복될 것이며, 그녀가 소유할 수 없는 다른 모든 여인들과 별반 다른 점이 없을 것이다. 또한 지금은 그렇지 않지만 그랬었을 수도 있는 것들의 무한성은 지금 그런 것들의 유한성보다 더 가치를 띠게 된다. 그는 반복해서 말하기를 **사랑**은 질투, 혹은 그에 선행하는 욕망이 만들어낸 불만족의 상태하고만 공존할 수 있다고 한다. 사랑은 완전한 것을 바라는 우리의 요구를 상징한다. 사랑이 시작되고 지속될 수 있는 이유는 무언가 부족하다는 것을 인식하기 때문이다. "우리는 완전히 소유하지 못하는 것만을 사랑한다."[42] 결별의 순간까지 — 그리고 결별이 있고 나서 한참이 지나 사랑하는 대상이 죽은 후에도, '계단의 질투'라는 과거형 질투 덕분에 — 둘의 관계는 전쟁이다. 알베르틴은 대수롭지 않은 투로 어쩌면 베르뒤랭 부부를 방문할지도 모른다고 한다. 그녀가 다음과 같이 말하면, "내일 베르뒤랭 부부네 집에 갈지도 몰라요. 어떻게 될지 전혀 모르겠어요. 영 마음이 내키지가 않네요", 화자는 이렇게 해석한다. "나는 내일 꼭 베르뒤랭 부부네 집에 갈 거예요. 확실해요. 내게 그건 매우 중요한 일이거든요."[43] 화자는 모렐이 베르뒤랭 부인을 위해 뱅퇴유의 7중주를 지휘하겠다고 약속했음을 상기한다. 그러자 그는 뱅퇴유의 딸과 그녀의 친구가 초대객들 중에 있을 것이고, 알베르틴이 악마적인 교활함으로 그다음 날 저녁 그녀들과 약속을 잡은 것이라 추론한다. 이 순간들은 그가 아직은 알베르틴에게 결별을 선언할 수 있는 상황이기 때문에 그가 안심할 수 있는 몇 안 되는 순간들이다. 그는 자신을 베네치아에 가지도, 일하지도 못하게 하고, 친구들로부터 멀어지게 만들며, 그 자신도 소유하지 못하는 것을 다른 경쟁자도 소유하지 못하리라는 사실에 씁쓸한 만족감을 주는 이 이중 노예 생활을 끝내버리고 싶다. 하지만 상대적으로 안심할 수 있는 이 드문 순간들은 새로운 질투심이 고개를 쳐들거나, 잠시도 쉬지 않고 경계 상태에 있는 그의 정신에 그들의 과거에서 아주 작은 의미 없는 사건이 그의 사랑, 혹은 증오, 혹은 질투(사랑과 번갈아 쓸 수 있는 단어들)를 휘저어놓는 독으로 변해서 그의 심장을 타들어가게 만드는 즉시 자취를 감춘다. 가령 그가 마침내 이별을 결심했을 때, 알베르틴은 그녀의 숙모가 앵프르빌에서 아무도 알지 못한다고 강조한다. 화자가 스스로에게 고통을 가하는 데 천부적이듯, 알베르틴도 거짓말을 하는 데 천부적이다. 톨로메아[44]의 심장부에서, 그는 그녀에게 어떤 현실성도 없다는 것, "한 사람에 대한 절대적인 사랑은 언제나 다른 것에 대한 사랑이다"[45]라는 것도 안다. 또한 그녀 자체로는 아무 가치가 없지만, 그 무가치성은 강렬하고, 생동감 있고, 신비하고, 보이지 않는 힘으로 그를 꺾어 이 어둡고 대체할 수 없는 여신을 숭배하고 자신을 그녀에게 희생하게 만든다는 사실 또한 안다. 이와 같은 희생과 모욕을 요구하는 **신**, 단지 꺾어버릴 수 있는 대상에게만 호의를 베푸는 이 **여신**, 모든 인류가 태어나는 순간부터 믿고 경배하는 이 **여신**은 바로 **시간**이다. 시간의 차원에 속하는 어떤 대상도 소유되는 것을 허락하지 않는다. 다시 말해 주체와 객체가 완전히 일치할 때만 완전한 소유를 허락한다. 가장 저속하고, 의미 없는 사람일지라도 그녀를 완전히 꿰뚫어 볼 수 없다는 사실은 주체가 단순히 질투심에 휩싸여 있기 때문만은 아니다(물론 화자의 것처럼 특별히 사납고 비대해진 질투심의 엑스레이를 통해서라면 그녀를 꿰뚫어 보는 일이 더욱 어려운 게 사실이다. 화자의 질투심은 프루스트 인물들의 대표적인 두 특징인 지배욕과 유치한 성격에서 그 근원을 찾아볼 수 있다). 시간과 공간에 활동 영역이 있는 모든 대상은 이와 같이 추상적이고, 이상적이며, 절대적인 불투과성을 띠고 있다. 프루스트가 다음과 같이 말하는 것도 이해할 만하다. "우리는 육체 안에 갇혀 우리 앞에 누워 있는 것이 사랑하는 대상이라고 상상하곤 한다. 애석하게도 우리 눈앞에 있는 것은 그것이 차지했었고, 앞으로도 차지할 시간과 공간에 영역을 확장한 형태다. 우리가 그런 시간과 공간에 접촉하지 못하면, 우리는 그 대상을 소유할 수 없다. 하지만 우리가 확장된 모든 점들에 닿을 수는 없는 법이다."[46] 프루스트는 또 다음과 같이 말하기도 한다. "시간과 공간에 흩어져 있는 존재는 우리에게 더 이상 여자가 아니라, 우리가 밝힐 수 없고, 해결할 수 없는 일련의 문제들, 크세르크세스[47]가 어리석게도 벌을 주려고 벼르고, 모든 것을 집어삼킨 바다와 같다."[48] 프루스트는 사랑을 "가슴이 인지하게 된 **시간**과 **공간**"[49]이라고 정의한다. 화자는 알베르틴이 베르뒤랭네 집에 가는 대신 트로카데로에서 열리는 낮 공연에 가볼 것을 설득한다. 그녀는 동의한다. 이렇게 해서 그녀를 뱅퇴유의 딸과 만날 위협에서 멀어지게 하자, 그는 금세 알베르틴을 성가신 존재로 생각한다. 그는 별 생각 없이 『르 피가로』지를 뒤적이다가 그가 조금 전에 알베르틴을 보낸 공연장에 배우 레아가 나올 것이라는 기사를 보고는 질겁한다. 바로 그 공연이다. 그는 완전히 다급해져서 프랑수아즈를 보내 그녀를 데려오게 한다. 알베르틴은 레아에게 말을 걸기도 전에 끌려온다. 그는 이내 진정하지만, 알베르틴이 뷔트쇼몽에서 있었던 일을 이야기하자 다시금 괴로움에 휩싸인다. 이번에는 앙드레를 의심한다. 그는 알베르틴과 헤어지지 않는 이상, 마음의 안정과 평화는 기대할 수 없으리라는 사실을 깨닫는다. 그는 질베르트 스완과 게르망트 공작 부인을 잊어버린 것처럼 그녀를 잊을 것이다. (하지만 알베르틴에 대해 질베르트가 의미하는 바는 7중주에 대해 소나타가 의미하는 것처럼, 즉 단순한 연습용에 불과하다.) 또한 지금 느끼는 고통이 사라질 수도 있다는 생각은 그에게 고통 그 자체보다 더 괴롭다. "나의 사랑의 사자는 망각의 비단뱀 앞에서 두려움으로 떨었다."[50] 어느 날 평소보다 마음이 진정된 이른 아침, 그는 결심한다. 알베르틴을 떠나야겠다. 그는 그녀를 더 이상 사랑하지 않는다. 베네치아에 가서 그녀를 잊으리라. 그는 프랑수아즈를 불러 여행안내 책자와 기차 시간표를 갖다달라고 부탁한다. 그는 마침내 베네치아를 방문해 봄의 기운을 머금은 바다 위 고딕 시대의 꿈을 성취할 것이다. 프랑수아즈가 들어온다. "알베르틴 아가씨가 아홉 시에 떠나면서 이 편지를 도련님께 남겼어요."[51] 페드르처럼, 그는 항상 깨어 있는 신들의 존재를 인식한다.

… 내 가슴 속 피에
죽음의 불을 붙인 신들.
이 무기력한 인간의 가슴을 조이면서

잔인한 영광을 즐기는 이 신들이여.[52]

얼마 지나지 않아 알베르틴은 투렌 지방에서 죽는다. **시간**에 앞선 그녀의 죽음도 화자의 질투심을 완화시키거나, 그를 고문하던 나날과 시간의 집착에서 자유롭게 하지 못한다. 그들과 그들의 사랑은 과거와 현재 모두에 속한 수륙 양서류였던 것이다. 태양이 아니라 가슴이 날들을 헤아리는 기준이 되는 기분상의 기후와 감정의 달력이 존재한다. 알베르틴을 잊기 위해서 그는 반신불수가 된 사람처럼 그들이 함께한 계절을 잊고, 어린아이와도 같이 그것들을 새로 알아가야 한다. "나를 위로하기 위해서 한 명의 알베르틴이 아니라 여러 알베르틴을 잊어야 했다."[53] 또한 한 명의 '나'가 아니라 여러 명의 '나'를. 각각의 알베르틴에게 해당하는 화자가 있고, **시간**이 붙여놓은 것은 거슬러 올라가더라도 떨어뜨릴 수 없다. 그는 그녀의 발자취를 따라 거슬러 올라가 점점 고통이 줄어드는 단계들을 다시 경험해야 한다. 그의 안에서 그토록 생생하게 살아 있는 알베르틴이 죽었다는 데 대한 놀라움 — 그녀가 죽었다는 생각의 공격을 그녀의 삶이 받는다는 사실 — 은 죽은 사람이 그에게 계속해서 영향을 끼칠 수 있다는 놀라움보다 더 고통스럽게 작용한다 — 그녀가 살아 있다는 생각의 공격을 그녀의 죽음이 받는다는 사실. 하지만 거슬러 올라가는 이 수난의 단계들은 본래의 역동성과 증폭을 간직한 채 십자가를 향해 간다. 중간에 멈출 때마다 그는 환각에 사로잡혀 그의 뒤에 두고 떠나온 것이 여전히 그의 앞에 있다고 생각한다. "이것이 바로 기억이 갖는 잔인함이다."[54] 이런 단계들 중에서 그는 강도가 적어지는 순으로 다음 세 가지 단계를 언급한다. 첫 번째는 불로뉴 숲에서 혼자 산책을 하던 중, 스치는 모든 여인들이 알베르틴으로 보인다. 발베크에서 기쁨에 넘치고 빛나던 별들의 무리의 총체인 알베르틴은 대칭적으로 도치된 움직임에 의해 창백한 성운들의 먼지가 되어 흩어진다. 두 번째는 앙드레와의 대화를 통해 알베르틴의 삶이 얼마나 대단한 배신과 끔찍함으로 점철되어 있었는지를 알게 된다. 마지막으로 베네치아에서, 로베르 드 생루와의 약혼을 알리는 질베르트의 전보를 받는 순간, 그녀의 저속하고 오만한 필치 때문에 그녀의 서명을 '알베르틴'이라고 오독한다. 하지만 죽은 자들 사이에서 튀어나온 이 알베르틴은 손질되지 않은 가슴의 묘지에 있는, 침범할 수 없는 유일한 무덤으로, 그녀의 진정한 무덤을 뒤흔들 수는 없다. 알베르틴은 처음이자 마지막 여인으로, 화자가 완전히, 본능적으로 이해한 첫 알베르틴, 즉 해변가의 바쿠스 제사이자 마지막 알베르틴, 다시 말해 루아르 강가에서 빨래를 하는 젊은 처녀들 사이에서 물놀이하는, 자유와 삶을 되찾은 포로로서 자신의 육체를 완벽하게 소유하고 있는 알베르틴이다. 처음의 시각이 옳았음을 증명하는 마지막 확증은 프루스트 특유의 인물 전개 방식이다. 이는 게르망트 공작 부인이 그녀의 사촌이 베푸는 만찬에 참석했을 때 본 마지막 모습과 처음 봤던 그녀의 모습, 즉 콩브레의 생틸레르 성당에서 화자가 경외의 시선으로 바라본 준비에브 드 브라방의 상냥하지만 도도한 후손으로서의 그녀의 모습 사이에 유사성을 떠올리는 것과 같은 맥락이다. 그녀는 질베르 르 모베의 모습을 담은 스테인드글라스와 준비에브의 옷을 통과한 햇빛으로 채색된 질베르 예배당에 앉아서, 보랏빛 감도는 푸른색의 웃음 띤 시선을 여기저기 던지며 미사를 본다. 당시 그녀는 메로빙거왕조 시대의 영원한 전설적인 이름의 광채에 휩싸여 있었다. 질베르트 또한 단계적인 변신을 거친다. 샹젤리제의 질베르트 스완에서, 스완이 죽은 후 포르슈빌 양으로, 그리고 생루 부인으로, 이후 로베르가 사망한 후 마침내 게르망트 공작 부인이 된다. 이는 화자가 탕송빌에서 빨간 산사나무 꽃의 울타리가 만든 담쟁이 사이에서 본 그녀, 만발한 재스민과 꽃무늬 청동 도금 장식이 있는 정원에서 삽에 기대어 있던 당돌한 님프로 본 그녀의 첫 모습과 겹친다. 그는 알베르틴을 향한 그의 사랑이 그녀가 남긴 첫인상 때문이라고 생각한다. 그의 이성이 그에게 자꾸만 부정을 해도, 그녀에 대한 그의 사랑은 자신의 처음 믿은 먼바다 위에서 탐욕스럽게 도망가는, 적대적이며 멀어지는 갈매기로서 그녀의 첫인상을 확증할 뿐이라고 한다. "전혀 아무것도 보지 못하는 상태에서조차 통찰력은 식견이 있고 정감 넘치는 형태로 존재한다. 따라서 우리는 사랑에 있어서 나쁜 선택을 했다고 말할 수 없다. 선택을 하는 이상, 그것은 나쁠 수밖에 없기 때문이다."[55] 즉 지혜로운 자는 고통의 발생지를 찾아 완화시키려 애쓰기보다는, 고통을 받는 감각을 마비시킨다. "희망 외에도, 욕망을…."[56] "우리는 사랑받기를 원하기 때문에 이해되길 바란다. 또한 사랑하기 때문에 사랑받기를 원한다. 타인에 대한 이해는 사랑하는 것과는 무관하며 그들의 사랑은 성가실 뿐이다."[57]

하지만 프루스트에게 사랑이 슬픔에 기인한 것이라면, 우정은 소심함에 기인한 것이다. '정신적인 것'[58]을 제외한 다른 모든 것들이 갖는 불투과성(고립) 때문에 사랑도, 우정도 실현될 수 없다면, 소유하려는 시도의 실패는 적어도 비극적인 고귀함을 풍길 수도 있겠다. 하지만 소통 자체가 불가능한데 소통하려는 시도는 가구들과 대화를 하게 만드는 광기와도 같은 유인원스러운 저속함, 혹은 잔인한 농담에 불과하다. 프루스트에 의하면 우정은 모든 인간이 선고받은 치유할 수 없는 고독에 대한 부정이다. 우정은 표상적인 가치들을 받아들인다는 전제 조건이 있다. 우정은 소파를 덮는 천이나 쓰레기통을 분배하는 일 같은 사회적 조치이며, 어떤 정신적인 의의도 없다. 표면적인 모든 것을 거부하는 예술가에게 우정의 거부는 타당할 뿐만 아니라, 필수다. 정신적인 발전은 오로지 깊이와 관계되기 때문이다. 예술은 확장이 아닌, 응축의 형태로 전개된다. 예술은 고독 예찬이다. 소통은 불가능하다. 소통할 수 있는 방법이 없기 때문이다. 어떤 말이나 행동이 그 사람의 특성을 적절히 재현하는 매우 드문 순간이 발생한다고 하더라도, 마치 떨어지는 폭포수를 통과해 정반대되는 특성에 도착한 것처럼 그 말과 행동은 의미가 없어진다.[59] 경우는 두 가지다. 우리가 우리 자신을 위해 말하고 행동하는 경우, 우리의 말과 행동은 우리 것이 아닌 다른 지성에 의해 형태가 변하고 의미를 잃는다. 다른 사람을 위해 말하고 행동하는 경우, 우리의 말과 행동은 거짓에 불과하다. "사람은 평생 거짓말을 한다"[60]고 프루스트는 말한다. "특히, 어쩌면 유일하게 우리를 사랑하는 자들에게조차 거짓말을 하고,

무엇보다 우리가 가장 잘 보였으면 하는 이방인, 즉 우리 자신에게 거짓말을 한다." 그럼에도 한 명의 천재에 대한 멍청한 대여섯 명—혹은 오륙십만 명—의 경멸은 이 모순적인 집요함[61] 그리고 모욕이라고 부르는 단순한 중상모략에 의해 상처받을 수 있는 우리의 재능을 치유할 수 있을 것이다.

프루스트는 우정을 피곤함과 권태 중간에 위치시킨다. 그는 우정의 근원이 지적 교류에 있다는 니체식 관념을 받아들일 수 없다. 우정에는 그 어떤 지적 의미도 없다고 생각하기 때문이다. "각자가 명확한(플라톤적이지 않은) 생각이라 부르는 것은 자신의 생각과 동일한 정도의 혼돈 상태에 있는 생각을 말한다."[62] 프루스트에게 우정을 나눈다는 것은 정성 들여 간호해주기를 바라는 엄살 부리는 습관의 요구에 소통의 대상이 될 수 없는 자신의 본질을 희생하는 것과 동일하다. 우정은 영혼이 안에서 밖으로 향하는 그릇된 움직임에 불과하다. 그것은 예술가가 삶에서 추출해낸 비물질적인 질료들을 순전히 정신적으로 흡수하는 데서 우리가 물질적이며 구체적이라고 부르는 것들과 직접적으로 접촉해 생기는 비천하고 난삽한 오류 덩어리로 향하는 움직임이다. 화자는 발베크와 베네치아를 방문해서 질베르트, 게르망트 공작 부인, 알베르틴을 만나는데, 그 장소와 인물의 본질이 아니라 그에 상응하는 임의적이며 이상화된 등가에 매료되었기 때문이다. 그런데 유일하게 가치 있는 탐구는 영혼이 굴착하고, 잠수하고, 집중하는 것, 깊은 곳에 내려가는 것이다. 물론 예술가는 활동해야 하지만, 부정을 통해서 해야 한다. 그는 표면에서 벌어지는 현상으로부터 눈길을 거두고 태풍의 눈에 접근한다. 그는 우정을 나눌 수 없다. 우정이란 자신에 대한 두려움과 부정이 야기하는 원심 분리의 원동력인 까닭이다. 생루는 화자보다 덜 개인적인 존재, 옛 프랑스 귀족의 산물이다. 화자에게 보이는 그의 아름다우며 자연스러운 호의—가령 파리의 한 식당에서 화자가 불편함을 느끼지 않도록 그가 베푸는 가히 예술적이며 섬세한 배려—는 생루가 특별히 매력적인 인물이어서가 아니라, 그가 지나치게 고귀한 태생이고, 완벽한 교육을 받았기 때문이다. 프루스트는 말한다. "사람은 이것저것 붙여서 면적을 넓힐 수 있는 건물이 아니라, 내부의 수액이 발현되어 생긴 몸통과 잎을 가진 나무다."[63] 우리는 혼자다. 우리가 타자를 알 수도, 타자가 우리를 알 수도 없다. "사람은 자신 밖으로 나갈 수 없으며, 자신 안에서만 타자를 안다. 이를 부정하면 거짓말이다."[64]

여기서, 언제나와 마찬가지로, 프루스트는 모든 윤리적인 기준으로부터 자유롭다. 프루스트와 그의 세계에는 정의도 불의도 존재하지 않는다(어쩌면 전쟁에 관한 부분에서만은 예외겠다. 그 순간 프루스트는 예술가가 되기를 멈추고, 평민, 군중, 하층민, 국민과 함께 한목소리를 낸다). 비극은 인간 세상의 정의와는 아무 관계가 없다. 비극은 속죄에 관한 이야기다. 그렇다고 멍청이들을 위해 사기꾼들이 만든 지역적인 규정을 어긴 데 대한 보잘것없는 속죄는 아니다. 비극적인 인물은 그와 그의 '불행의 동반자들'[65]이 저지른 원죄, 원초적이며 영원한 죄, 즉 태어난 죄에 대한 속죄를 재현한다.

> 사람의 가장 큰 죄는 태어난 것이다.[66]

*　*　*

게르망트 대공의 저택으로 가는 길에, 그는 모든 것을 잃었고, 현실성이라고는 전혀 없는 그의 인생은 상실의 연속이라는 느낌을 받는다. 질베르트, 게르망트 공작 부인, 할머니에 대한, 그리고 지금은 알베르틴, 콩브레, 발베크, 베네치아에 대한 그의 사랑은 전혀 남아 있지 않기 때문이다. 남아 있는 것이라고는 의도적 기억이 제공하는 변형된 이미지들, 벗어나기와 제자리로 돌아오기가 반복되어 신비함도, 아름다움도 신성시되지 않는 인생, 그의 영원한 권태로 이루어진 흔들리지 않는 기둥들을 제외하고 거의 모든 것을 융해시키는 세월의 회오리에 파괴된 인생, 지나치게 지리한 과거와 아무 의미가 없는 미래가 보이는 인생, 오늘 혹은 내일, 1년 혹은 10년 내에 찾아올 죽음은 결론이 아닌 끝이 될 지경으로 개인적이고 지속적인 필연성이 완전히 결여된 인생이다. 그는 베르고트가 표현한 바 있는 '영혼의 즐거움'[67]은 아무 의미가 없다고 생각한다. 그는 오랫동안 예술만이 유일한 이상이고, 부패한 세상에서 유일하게 불가침한 요소라고 믿어왔다. 이제 그에게 예술은 — 그것이 필연적으로 인공적이기 때문이거나, 아니면 그의 재능의 부재는 치유할 수 없는 것이기 때문에 — "고장 난 손풍금이 잘못된 음악을 계속 연주하는 것처럼",[68] 미친 자의 상상력이 만들어낸 비현실적이고 의미 없는 산물로 생각된다. 또한 예술 작품의 소재 — 베아트리체, 파우스트, "거대하고 둥근 하늘의 창공"[69]과 바다가 두르고 있는 도시들 — 와 마술에 걸린 세계의 절대적인 아름다움은 라셸과 코타르[70]만큼 우스꽝스럽고 저속하며, 셸리의 시에 등장하는 달만큼이나 창백하고, 게으르고, 잔인하며, 변덕스럽고, 침울하다고 생각한다. 이렇듯 혼자 여러 해를 헛되게 보낸 후, 오래전부터 그가 흥미를 잃게 된 사교계에 마지못해 발길을 옮긴다. 그리고 이제 구역질을 일으키는 이 덧없음의 끝자락에서, 헛되고 세심한 통찰력으로 인해 생겨난 그의 우울함과 피로 덕분에(이들 덕분이라고 함은, 의기소침해진 기억은 가장 직접적이고 가장 실용적인 현재를 의식하는 데 머물기 때문이다) 깨달음을 얻는다. 이는 여태까지 그의 정신이 가장 역동적으로 활동하던 때에는 일어나지 않았고, 나무와 꽃, 몸짓과 예술이 제공하는 지상의 수수께끼에서 그의 이성이 추출해내는 데 실패했던 깨달음이다. 그는 종교적인 경험(이 표현이 유일하게 말이 되는 경우에 한해서)을 하는데, 이는 승천이자 예언으로 볼 수 있다. 그는 마침내 천국에서 보내온 베르고트의 약속, 엘스티르의 완성, 뱅퇴유의 메시지를 이해하고, 고통스럽지만 필연적인 그의 삶의 과정, 그리고 예술이 아닌 다른 모든 것의 덧없음 — 예술가에 한정해서 — 을 이해한다.

오후 연회는 두 부분으로 나뉜다. 게르망트 서재에서, (데카르트식의 따뜻하게 덥혀진 공간에서) 화자가 하는 신비주의적 경험과 명상에 이어 그날의 공연 도중, 그의 머릿속에서 예술 작품이 형태를 띤다. **시간**에 대한 승리는 **시간**의 승리로, **죽음**에 대한 부정은 그 수용으로 연결된다. 그의 작품 전체와 마찬가지로 마지막 부분에서 프루스트는 각각의 조건, 각각의 상황에 내재하는 이중성을 인정한다. 그것이 아무리 이상적이라 한들, 동의어 반복은 두 개의 대상 사이에 관계가 있다는 것을 조건으로 하며, 그것이 평등하다고 말함은 그 두 개가 대략적으로 동일함을 뜻하며, 일체성을 강조함은 결과적으로 그것을 부정하는 일이다.

안뜰을 가로지를 때 그는 포석 위에서 넘어질 뻔한다. 그의 주변에 있는 모든 것, 운전사, 축사, 자동차, 초대 손님, 그 시간과 장소와 연관된 모든 현실이 사라진다. 인생과 예술의 현실성에 대한 그의 근심과 걱정 또한 흩어진다. 여태까지 그의 건조한 삶에서 그토록 인색하게 모습을 보였던 환희가 이번에는 그를 단숨에 감싸고 지배해 당황케 한다. 견딜 수 없는 명쾌함이 잿빛이었던 것을 없앤다. 갑자기 잃어버렸던 날들의 무리에서 베네치아가 솟아오른다. 애써서 해내는 기억은 그 저속함 때문에 베네치아의 빛나는 본질을 거부하고는 했는데, 이 때문에 그는 여태까지 그것을 제대로 표현할 수 없었다. 산마르코 세례당에서 태어난 위태로운 균형이 예상치 못한 순간 부활하여, 이 눈부시고 맹렬한 베네치아라는 불청객을 아드리아해의 연안에서 떼어내 게르망트 대공 부인의 안뜰 위로 이동시킨다. 하지만 벌써 이 영상은 사라지고, 그는 다시금 사회적 임무를 자유로이 수행하려 한다. 그는 서재로 안내되고, 그곳에서 전 베르뒤랭 부인을 만나는데, 노른(Norn)[71]인 동시에 두통의 희생양인 그녀는 자신의 편치 않은 코의 점막을 진정시켜줄 리노고메놀을 열정적으로 흡입하며, 스트라빈스키적 신경통이 동반하는 가장 끔찍한 황홀경에 빠진 채 초대 손님들 위에서 군림한다. 연주 중인 음악이 끝나기를 혼자 기다리던 중, 안뜰에서 벌어진 기적이 네 가지 다른 형태로 재생된다. 이에 대해서는 앞서 언급한 바 있다. 하인이 스푼을 그릇에 부딪쳐 소리를 내고, 화자는 빳빳하게 풀 먹인 냅킨으로 입가를 닦으며, 배수관을 통과하는 물이 날카로운 사이렌 소리를 내며, 서재의 한 칸에서 『프랑수아 르 샹피』를 꺼낸다. 산마르코 광장이 자신의 빛나고 일시적인 왕국을 펼쳐 보이기 위해 안뜰에 등장한 것과 마찬가지로, 일련의 나무들,

발베크의 해변가에서 부서지는 높은 파도, 석양과 그 빛을 머금은 바다의 물결이 수족관처럼 가득 메운 그랑 호텔의 식당, 콩브레와 그 '산책로들', 그리고 마지막으로 까다롭고 고상한 산문을 경외심을 담아 읽어주는, 차라리 자장가와도 같이 불면증에 시달리는 아들을 밤새 보호해주는 소곤거림 같은 어머니의 조곤조곤한 목소리는 연이어 게르망트의 서재를 침범한다.

아무리 성공적이라 해도, 상기하려는 시도는 과거의 감각에 대한 메아리에 불과하다. 상기는 지성에 의한 행위로, 어떤 감각을 느낄 때 — 그것들이 비논리적이고 의미가 없다고 판단하여 — 하찮고 조화롭지 않은 모든 불청객, 모든 말과 행동, 소리와 향을 관념의 퍼즐에서 차지할 자리가 없다는 이유로 제거하는 지성의 편견에서 벗어날 수 없다. 그럼에도 모든 새로운 경험의 본질은 촉각을 곤두세운 의지가 시대착오적이라는 이유로 거절하는 바로 이 신비한 요소에서 찾아볼 수 있다. 감각은 이 신비한 요소를 기준으로 그 주변에서 활동하고, 무게중심의 축이 된다. 이런 식으로 어떤 의도적인 노력도 의지가 모순에 가둔 어떤 인상을 전체적으로 재구성할 수 없게 된다. 그럼에도 불구하고 *우연히* 상황이 좋은 경우(주체가 습관적으로 하는 사고의 긴장 완화, 기억력 감퇴, 극단적인 자신감 상실 후 종종 찾아오는 의식의 해이해짐), 그리고 기적적으로 유추에 의해서 지나간 감각의 본질적인 인상이 즉각적인 자극의 형태로 되살아나서, 주체가 본능적으로 대상의 원래 모델을 밝혀낼 수 있다면(*모델의 순수성이 간직될 수 있는 이유는 그것이 잊혔기 때문이다*), 지나간 감각 전체는, 그 메아리나 복사본이 아니라 감각 그 자체는, 시간과 공간의 벽을 허물고, 갑작스럽게 펼쳐져 침범할 수 없는 차원의 아름다움과 함께 주체를 집어삼킨다. 접시에 스푼이 부딪혀 내는 소리는 화자의 무의식에 의해 일련의 나무들 앞에서 멈춘 기차의 바퀴를 두들기는 수리공의 망치 소리와 일치된다. 그의 의식은 그 망치 소리를 직접적인 활동과 연관이 없다고 생각해 멀리 떨어뜨려 놓았었다. 하지만 무의식적이고 이유 없이 지각하는 행위는 대상 — 일련의 나무들 — 을 비물질적이며 환원할 수 있는 등가로 대체해버렸다. 순전히 지각하는 이 행위의 기억은 바퀴에 부딪치는 망치 소리와 연관될 뿐만 아니라, 그 소리를 중심축으로 만들었다. 언제나처럼 그 순간의 기분은 전혀 중요하지 않다. 프루스트식 논지의 출발점은 크리스털이 이룬 집합체가 아니라 그 중심부, 크리스털화 된 것이다. 실제로 그는 말하기를 가장 무의미한 경험은 논리적으로 그것과는 관계가 없는 요소들로 각인되어 있으며, 그렇기에 우리의 지성은 그것을 상대하지 않는다고 한다. 경험은 특정한 색깔을 띤 채 일정한 온도에 가열한 향수가 담겨 있는 밀폐된 용기에 갇혀 있다. 이 용기들은 세월의 높이에 따라 제각각 다른 위치에 걸려 있다. 의도적 기억이 닿지 않는 곳에 있는 이 용기들은 어떤 면에서는 보관이 잘 된 채, 그 순수성은 망각에 의해 보존된다. 각각의 용기는 본인의 자리에, 정확한 날짜에 보관되어 있다. 그런데 이 갇힌 소우주가 우리가 앞서 말했던 방식에 의해 공격받으면, 우리는 새로운 느낌, 새로운 향기의 지배를 받고(새로운 이유는 이미 예전에 그것을 맡아본 경험이 있기 때문에), 진정한 **천국**, 미치광이의 꿈이 아닌 우리가 잃은 진정한 **천국**의 향기를 맡는다.

현재 경험과 과거 경험의 일치, 과거 행위의 재생, 혹은 현재에서의 반응은 이상과 실재, 상상과 직접적인 경험, 상징과 본질 사이에 조합이 일어나는 것과 동일하다. 이 조합은 관조하는 삶도, 경험하는 삶도 감히 다가갈 수 없는 본질적 현실을 드러낸다. 과거와 현재에 공통적으로 존재하는 것은 과거와 현재가 각각 따로 가지고 있는 것보다 더욱 본질에 가깝다. 우리가 상상해서 혹은 경험해서 알게 되는 현실은 투과할 수 없는 갇힌 표면에 불과하다. 선험적으로 상상은 부재하는 것을 대상으로 하고, 빈 것에 작용해, 현실이 갖는 한계를 받아들이지 못한다. 주체와 객체 사이에는 순전히 경험에 의한 직접적인 접촉 또한 가능하지 않다. 주체와 객체는 주체의 의식적인 지각에 의해 필연적으로 나뉘어 있기 때문이다. 객체는 온전함을 잃고, 지성의 단순한 핑곗거리나 동기로 전락한다. 그럼에도 이런 재생에 의해 경험은 상상이자 실재가 되고, 기억이자 직접적 지각, 단지 존재할 뿐 아니라 구체적인 지각, 단지 추상적일 뿐 아니라 이상적인 지각이 되며, 이상적, 본질적, 초시간적 현실이 된다.

이와 같은 신비한 경험이 초시간적 본질을 부여한다면, 그것을 느끼는 자는 그 순간 초시간적 존재가 된다. 우리가 살펴보았듯이, 프루스트식 해답은 **시간**과 **죽음**의 부정으로, 즉 **죽음**의 부정으로 이어지는 **시간**의 부정으로 이해할 수 있다. **시간**이 죽기 때문에 **죽음**은 죽는다. (여기서 『되찾은 시간』은 프루스트식 해답에 전혀 적당하지 않은 표현이라고 감히 지적하고자 한다. 『죄와 벌』이 어떤 죄나 벌도 다루고 있지 않은 걸작의 제목인 것처럼 말이다. **시간**은 되찾아지지 않고, 그저 파괴될 뿐이다. **시간**을 되찾는 경우는 화자가 초대 손님들이 있는 곳으로 가서 **죽음**을 되찾을 때뿐이다. 그들은 시간이라는 살아 있는 죽마 위에서 자신들의 위태로운 노쇠를 굽어보고 있으며, 무시무시한 균형이 이룬 어떤 기적으로 인해 죽음으로부터 겨우 몸을 피한 자들이다. 제목이 훌륭하다고 할 수 있다면, 게르망트 서재 에피소드는 실망스러울 뿐이다.) 시간, 습관, 열정, 지성의 무덤에서 솟아오른 일시적인 영원에 흥분해, 그는 예술의 필연성을 깨닫는다. 구름, 삼각형, 종탑, 꽃, 돌 등 꿰뚫어 볼 수 없는 형태를 바라보며 그가 예전에 느꼈던 당혹스러운 황홀감을 해독할 수 있는 까닭은 예술이 가지고 있는 유일하게 빛나는 명료함 때문이다. 신비, 본질, **관념** 등 물질에 갇힌 것들은 불순물의 덩어리에 갇힌 주체가 그 앞을 지나가는 순간 주의를 끄는 데 성공해, 마치 단테가 '사악하고 멍청한 영혼들'[72]에게 그의 노래를 선물한 것처럼, 화자에게 건드릴 수 없는 아름다움을 보여준다.

적어도 내가 얼마나 아름다운지를 염두에 두세요.[73]

그는 이제 보들레르가 현실에 대해 "주체와 객체의 적합한 융해"라고 내린 정의를, 그리고 어느 때보다도 더 명확하게 "선과 표면을 무가치하게 표현한"[74] 사실주의 예술이 갖는 헛되고 모순적인 특성과 묘사에 치중한 싸구려 문학이 갖는 저속함을 이해하게 된다.

서재를 떠난 그는 **시간**이 구현된 광경과 맞닥뜨려야 한다. 조금 전에 서로 거리를 두던 두 시간은 흘러간 세월의 굽힐 수 없는 거리에 의해 떨어뜨려놓은 길게 뻗은 팔의 양 끝에 들려 있는 두 개의 빛나는 심벌즈처럼 저항할 수 없는 상호적 끌림의 충동에 복종하고, 뇌우를 동반한 구름들은 번개와 대기의 으르렁거림 속에서 부딪친다. 이제 두 시간의 끝에서 끝까지 그 사이에 존재하는 정확한 거리는 그들의 얼굴과 쇠퇴에 쓰여 있다. 그들은 "마치 납과도 같이 다루기 불편하고, 느리고, 무겁고, 창백한" 세월의 무게에 짓눌린 단테의 도도한 자들과 마찬가지로 허리가 굽은 채 곧 죽음을 맞을 이들이다.

> 겉에서 보기에 가장 인내심 있는 자가
> 울면서 말하기를, ― 더는 버틸 수가 없구나.[75]

우리는 샤를뤼스에게 작별을 고한다. 바로 이 팔라메드 드 샤를뤼스 남작이자 브라방 공작, 몽타르지의 영주, 올레롱, 카랑시, 비아레기오, 그리고 모래사막의 대공, 정의할 수 없는 오만함의 샤를뤼스, 발작 증세로 온몸에 경련을 일으키며, 이제는 물결치는 잿빛 머리카락의 왕관을 쓴 겸손한 리어왕이자 자부심이 꺾인 나이 든 오이디푸스다. 그는 미사 경본을 가까이 들여다보기도 하고, 바닥이 꺼져라 머리 숙여 생퇴베르트 부인에게 인사한다. 그의 도도함이 하늘을 찌르던 과거에 자신을 똥 공작 부인, 오줌 대공 부인이라 불렀던 사실을 알던 그녀는 샤를뤼스의 이런 모습에 어쩔 줄 모른다. 무덤 끝에 서 있는 라파엘 대천사, 그는 외설의 신전을 관장하는 충실한 쥐피앵의 보호를 받으며 여전히 토비의 아들들을 남몰래 쫓아다닌다. 죽음을 상기하는 그의 묵직한 목소리로 부르는 장례 곡은 묘혈을 파는 인부의 삽에서 흙이 떨어지듯, 우리 위로 떨어진다. "한니발 드 브레오테, 사망! 앙투안 드 무시, 사망! 샤를 스완, 사망! 아달베르 드 몽모랑시, 사망! 보송 드 탈레랑, 사망! 소텐 드 두도빌, 사망!"[76] 화자는 의도적이며 의식적으로 일치시키려는 일련의 노력을 기울이는데, 이는 그가 서재에서 했던 비의도적이며 무의식적인 것과는 대조된다. 기분 나쁘게 키득거리는 비천한 꼭두각시 인형이라고 여긴 남자, 누더기를 걸친 거지와 우스꽝스러운 광대, 그 중간쯤으로 보인 자가 사실은 그의 적이자 한때는 그토록 도도하고, 오만하고, 뻣뻣했던 아르장쿠르라는 사실을 발견한다. 또한 뚱뚱한 과부를 보고 포르슈빌 부인이라고 생각했었는데, 사실 그녀는 질베르트다. 이 밖에도 오리안과 게르망트 공작, 라셸과 블로크, 르그랑당과 오데트를 비롯해 다른 많은 이들이 토성의 짐을 진 채, 안식일의 별인 천왕성의 떠오르는 빛을 향해 그의 곁을 스쳐 지나간다.

* * *

창조자이자 파괴자인 **시간** 속에서 프루스트는 자신이 예술가임을 발견한다. "나는 죽음, 사랑, 정신의 즐거움, 고통의 필요성, 소명 등의 의미를 이해하게 되었다."[77] 그가 '묘사'하는 문학을 경멸하고, 표피와 맹렬한 발작에게 경의를 표하기 위해 엎드린 채 경험의 찌꺼기를 숭배하고 **생각**이 갇혀 있는 겉면과 껍질을 옮겨 쓰는 데 만족하는 사실주의와 자연주의 작가들을 경멸함을 우리는 앞에서 살펴봤다. 이들에 반해 프루스트식 과정은 마르시아스를 산 채로 가죽 벗긴 후, 가차 없이 그 본질인 프리기아의 물을 빼앗는 아폴론과도 같다. "현실을 파괴할 힘이 없는 자는 그것을 창조할 힘도 없다."[78] 하지만 프루스트가 추상적이며 추론적인 보들레르의 지적인 상징주의로 만족하기에는 그에게 감수성의 역할이 너무 크다. 보들레르의 일체성은 '사물 뒤에'[79] 오는 것으로, 다수성에서 추출한 일체성이다. 보들레르 체제의 '상응'은 하나의 관념에 의해 정해졌다. 즉 그 정의에 의해 엄격하게 제한되고 한정된다. 프루스트에게 중요한 것은 관념이 아니라 **생각**, 구체성이다. 그는 파도바의 아레나 정원에 위치한 예배당에서 조토의 프레스코화를 감탄하며 보는데, 그 이유는 프레스코화가 어떤 관념을 단순히 그림으로 표현한 것이 아니라, 그 상징성이 정확하며, 구체적이고, 문자 그대로의 현실처럼 다루어졌기 때문이다. 단테가 실패한 부분이 있다면 그것은 루시퍼, 연옥의 그리핀, 천국의 독수리 등 순전히 상투적이고 비본질적인 의미를 가진 인물들, 즉 순전히 알레고리적인 인물들을 묘사할 때다. 시인이 알레고리를 시로 표현하려 할 때 언제나 실패하는 것처럼 그 순간 알레고리는 실패한다. 스펜서[80]의 알레고리는 그의 시편 단 몇 편에 바로 무너진다. 단순히 예언가가 아니라 한 명의 예술가였기에 단테는 알레고리에 생기를 부여해 하나의 법칙으로 승화시키지 않을 수 없었다. 『미르자의 시선』[81]은 좋은 알레고리라고 할 수 있다. 문체가 평평하기 때문이다. 프루스트에게 대상은 그 스스로가 상징이라는 조건하에, 살아 있는 상징이 될 수 있다. 보들레르의 상징주의는 프루스트에게는 자동상징주의가 된다. 프루스트의 출발점을 상징주의, 아니 엄밀히 말해서 그 외곽에 위치시킬 수 있다. 그렇다고 그가 아나톨 프랑스와 같은 길을 선택해 고상한 회의주의가 되거나 대리석 같은 문체를 사용하지는 않는다. 알퐁스 도데나 공쿠르형제와 같이 '자연 그대로의 묘사'를 지향하지도 않는다. 고답파 시인들과 함께 프랑수아 코페의 말로 다 형용할 수 없는 유치한 짓도 하지 않는다. 그는 어떤 행동도 요구하지 않고, 첼리니가 하는 것처럼 칼자루 끝을 다듬지도 않는다. 물론 그는 반응을 하지만 다른 방향을 향해서다. 그는 상징주의자들로부터 멀어져 빅토르 위고로 향한다. 바로 이것 때문에 그가 독립적이고 고독하다고 할 수 있다. 그와 동시대인 중에서 이와 같은 과거 회귀적인 성향을 조금이나마 찾아볼 수 있는 작가는 조리스카를 위스망스[82]다. 하지만 위스망스는 자기 내부에 그 존재가 감지되는 이런 성향을 매우 싫어했고, 그것을 억제하려 했다. 그는 '낭만주의의 피할 수 없는 암'에 대해 씁쓸하게 이야기했지만, 그의 데 제상트라는 놀라운 인물은 알프레드 보들레르 경[83]이라고 할 수 있다.

프루스트의 이런 낭만주의적 기질은 종종 드러난다. 그의 이런 기질은 감성을 지성에 대체하는 방식에서, 특정 감성적 상태를 이성적인 기준에 의거한 체제와 대조시키는 방식에서, **생각**을 **관념**에 우선시키는 방식에서, 그리고 인과성에 대한 그의 회의적인 태도에서 살펴볼 수 있다. 그가 본능에 의해 어떤 현상을 설명할 때에 반해서, 이성적으로 설명할 때는 다양한 다른 대안들이 늘 존재한다.[84] 그는 자신의 임무를 완수하려는 주의 깊고 충실한 하인이 되고자 하는 근심 어린 욕망을 가졌기에 **낭만적**이다. 그는 자신에게 모습을 드러낸 예술이 어떤 결과를 초래할지라도 그것을 피할 생각이 없다. 그는 **시간**에 깊게 빠져, 자신이 살아온 방식으로 쓸 것이다. 전통적 예술가는 전지전능하다. 이런 예술가는 자신의 연대기에 입체감을 부여하고, 이야기의 전개가 타당성을 띠게 하도록 인위적으로 **시간** 밖으로 벗어난다. 프루스트 소설에서 이야기를 시간 순으로 따른다는 것은 매우 어려운 일이다. 사건들은 발작적으로 무질서하게 발생하며, 인물들과 주제는, 거의 열렬한 내적 필연성에 복종하는 듯 보임에도 불구하고, 그들 존재의 타당성은 도스토옙스키적 경멸을 가지고 소개되고 전개된다. (프루스트의 인상주의는 도스토옙스키로 연결된다.) 일반적으로, 낭만주의 예술가는 시간의 중요성을 인식하고, 기억이 영감에 얼마나 큰 영향을 끼치는 지도 알고 있다("그늘 속에서 자는 것은 너로구나, 아! 빌어먹을 기억이여!"[85]). 하지만 프루스트가 병적으로 억제하고 통제하는 부분을 낭만주의자는 과장한다. 예를 들어 뮈세는 특정한 기억이 가지고 있는 상기하는 기능보다 나와 내가 아닌 것 사이에 존재하는 일체성, 진정한 일관성이나 동시성이 없는 초시간적이며 막연한 일체성에 더 관심을 가진다. 비록 프루스트가 샤토브리앙과 아미엘을 자신의 정신적 선조들이라 언급한다고 해도, 이런 비유는 지나치게 모호하고 어떤 결론도 내릴 수 없다. 프루스트와 석양을 받으며 비장한 판당고를 추는 이런 멜랑콜리한 범신론자 커플 사이에 관계를 맺기는 어렵다. 또한 프루스트는 노아유 백작 부인의 시를 칭송하지 않았던가. 빌어먹을!

화자는 자신의 '재능의 부재'를 관찰 능력, 더 정확하게 말하면 예술적인 것과는 상관없는 관찰 습관의 부재 탓으로 돌렸다. 그는 표면을 기록할 수 없다. 바로 이 때문에 공쿠르형제의 일기처럼 명석하고 놀라운 자료들을 읽고 나서, 그는 결론짓는다. 자신에게는 일기 작가에게 필요한 귀한 재능이 없거나, 인생의 평범함과 문학의 마술 사이에 거대하고 피할 수 없는 심연이 존재한다고. 그것도 아니면 그에게 재능이 없거나, 예술은 현실과 관계없는 것이라고. 또한 자신이 관찰한 것을 엑스선 촬영이라도 한 듯 묘사한다. 복사할 수 있는 것은 그의 눈에 보이지 않는다.

그는 어떤 관계, 공통분모, 토대를 찾는다. 그는 말해진 것보다 그것을 말하는 방식에 더 관심이 있다. 그의 재능은 극단적이며, 본질적인 것보다는 **매개적**인 것에 의해 한층 더 자극을 받는다. 이와 같은 부차적인 반사의 예는 무궁무진하다. 콩브레의 덥고 시원한 방에 있을 때, 거리에서 울리는 진홍빛 광채로서의 망치 소리와 어스름한 빛 속에서 파리들이 연주하는 실내악 덕분에, 무더웠던 오후의 본질 전체가 되살아난다. 새벽에 자신의 침대에 누워 있던 화자에게 기온이나 구름이 낀 정도 등 날씨를 구성하는 정확한 특성들은 울려 퍼지는 종소리와 길거리 상인들의 외침에 의해 전달된다. 이렇듯 본능적인 지각 — 본능 — 은 프루스트의 세계에서 가장 중요한 위치를 차지한다. **습관**이 본능을 오염시키지 않는 한, 본능은 반사의 형태로 나타난다. 프루스트에 의하면 반사는 눈에 띄지 않고 멀리 나타날 때, 즉 연속적으로 발생하는 경우가 이상적이다. 이제 그는 자신에게 예술적인 방식으로 관찰할 능력의 부재가 '영감을 받은 누락'[86]이라고 믿는다. 또한 예술 작품은 창조되거나 선택되는 게 아니고, 발견되고, 비밀이 벗겨지고, 예술가의 본질을 구성하는 법칙으로써 예술가에 선행하는 깊은 어둠에서 끌어올려진다고 믿는다. 유일한 현실은 영감을 받은 지각(주체와 객체의 일치)이 써내려간 상형문자가 제공하는 현실이다. 지성이 내리는 결론은 임의적이며 잠재적인 가치만을 갖는다. "작가에게 인상은 현자에게 실험이 갖는 의미를 갖는다. 차이가 있다면 현자가 지성의 작업을 먼저 해야 한다면, 작가는 그것을 나중에 해야 한다."[87] 예술가에게 객관적인 현상의 세계에서 유일하게 가능한 서열은 서로 얼마나 잘 투과되는지를 보여주는 도표에 의해, 즉 주관적인 요소들로만 재현될 수 있다. (다시 한 번 사실주의 작가들에 대한 조롱이다.) 예술가는 그의 텍스트를 받았고, 장인은 그것을 번역한다. "작가의 임무이자 역할은 (예술가가 아니라, 작가) 번역가의 그것과 동일하다."[88] 비본느 강물에 비친 구름의 그림자가 갖는 현실성은 화자의 외마디 외침, "제기랄!"에 의해 표현되지 않고, 그가 자신의 외침을 어떻게 해석하느냐 의해 표현된다. 간접적인 표현은 직설적으로 수정되어야 한다. 가령

"당신은 아름답습니다"는 "당신에게 입 맞추고 싶습니다"와 동일하다.

프루스트의 상대주의와 인상주의는 이런 반지성주의적 성향의 부가물들이다. 쿠르티우스[89]는 이를 프루스트의 '원근법주의'나 '실증적 상대주의'라고 표현하는데, 이는 19세기 말, 조지프 에르네스트 르낭과 아나톨 프랑스를 중심으로 펼쳐졌던 부정적 상대주의와 대조된다. 나는 '긍정적 상대주의'라는 표현이 모순어법이라고 생각한다. 나는 이 표현이 프루스트에게는 해당하지 않는다고 확신하며, 그저 하이델베르크의 연구소에서 만들어진 표현이라고 생각한다. 우리는 알베르틴의 경우(프루스트는 자신의 경험을 모든 인간관계에 적용한다), 다양한 양상들(이 보잘것없는 표현은 '시각'[90]으로 이해되어야 한다)은 하나의 긍정적인 총체로 귀결되지 않는다는 사실을 보았다. 대상은 진화하고, 결론에 도달할 때면 — 만약 결론이라는 것이 있기나 하다면 — 이미 유효기간이 지났다. 어떤 의미에서, 프루스트는 실증주의자이지만, 그의 실증주의는 상대주의와 아무 관계가 없다. 우스꽝스러운 요소로 사용되는 상대주의는 아나톨 프랑스의 상대주의만큼이나 비관적이고 부정적이다. 프루스트에게 문학적 행위인 '책'은 주부에게는 가계부이자, 여왕에게는 알현한 자들의 명부이다. 라셸 캉 뒤 세뇌르는 화자에게 30프랑이자 지루한 만족감을 의미하지만, 생루에게는 엄청난 돈과 끝없는 고통을 상징한다.[91] 마찬가지로 생루가 알베르틴의 사진을 보는 순간, 자신의 똑똑하고 인기 많은 친구가 그토록 저속하고 보잘것없는 여자에게 매료되었다는 사실에 놀람을 금치 못한다. 크레시 백작은 자신이 직접 새끼 칠면조 구이를 자르는데, 이는 그리스도의 죽음이나 이집트로의 귀환과도 같이 확실하게 새로운 달력의 출발점을 표시한다. 샤를뤼스 남작에게 뮈세의 '충실하지 않은 여인'은 분명히 호텔 보이나 버스 운전사가 확실하다. 이런 상대주의는 부정적이고 우스꽝스럽다. 화자가 뱅퇴유의 음악을 들으며 감동을 느끼는 이유를 그는 배우 레아에게서 찾는다. 그녀야말로 작곡가 사후에 발견된 곡을 해독하고, 샤를뤼스와 바이올리니스트 샤를리 모렐 사이의 관계[92]를 풀이할 수 있는 유일한 인물이기 때문이다. 프루스트는 본능의 미덕을 확증하는 차원에서만 실증적이다.

내게 프루스트의 인상주의는 현상들이 이성적으로 설명되기 위해, 그래서 일련의 원인과 결과로 해석되기 위해 변형되기 전, 즉 지각한 순서대로 그것들을 비논리적으로 묘사하는 방식을 말한다.[93] 화가 엘스티르는 그가 봐야 된다고 알고 있는 것이 아니라 직접 본 것을 그리는, 그야말로 인상파 화가다. 가령 바다에는 도시적인 특성을 부여하고, 도시에는 바다적인 요소를 부여하며 그린다. 이는 그들 사이에 존재하며 그가 본능적으로 감지하는 동질성을 표현하기 위해서다. 그는 쇼펜하우어가 예술 창작의 과정을 "이성의 원칙과 상관없이 세상을 바라보기"[94]라고 표현한 것을 상기시킨다. 여기서 우리는 인물들을 설명하지 않은 채 그저 묘사하는 도스토옙스키를 프루스트에 비교할 수 있다. 분명 프루스트는 그의 인물들을 설명하는 것 말고는 하는 게 없지만, 그의 설명은 증명적이지 않고 실험적이다. 그가 자신의 인물들을 설명하는 이유는, 그들이 '설명할 수 없는' 존재임을 그대로 드러내기 위해서이다. 프루스트는 그들을 설명하면서 더욱 멀어지게 할 뿐이다.[95]

일반적으로 프랑스 문학계에서 프루스트의 문체는 높이 평가받지 못했다. 이제 더 이상 그를 읽지 않는 오늘날, 지금 문제가 많다고 평가받는 그의 문체가 사실은 훨씬 더 문제가 많을 수도 있었다고 관대하게 받아들이는 분위기다. 하지만 프루스트의 작품을 그대로 우리에게 전달한다고 믿을 수 없는 판본을 통해 추론의 과정을 거쳐서만 짐작할 수 있는 문체를 공평하게 평가하기는 힘들다. 제대로 완성하려는 편집자들의 시도만을 막연히 읽을 수 있을 뿐이다. 프루스트에게 문체란, 화가와 마찬가지로, 기술이 아닌 시각의 문제다. 그는 형태는 전혀 중요하지 않고 내용만이 모든 것을 결정한다는 미신적인 의견을 따르지 않고, 이상적인 문학작품은 단음절의 연속으로만 쓰일 수는 없다고 믿는다. 프루스트의 눈에, 언어의 질은 그 어떤 윤리적이거나 미학적인 체계보다 더 중요하다. 또한 그는 내용과 형태를 구별하지도 않는다. 형태는 내용이 구체적으로 구현된 것이며, 하나의 우주를 드러낸 것이다. 프루스트의 세계는 장인이 은유적으로 표현한다. 예술가가 그 세계를 은유적으로 지각하기 때문이다. 간접적이고 비교적인 지각을 간접적이고 비교적으로 표현한다. 프루스트의 현실을 수사학적으로 표현하면 끝없이 연결되는 은유의 긴 연속이 된다. 매우 피곤하게 만드는 문체이기는 하지만, 정신을 피곤하게 하진 않는다. 명확한 문장은 축적과 폭발의 연속으로 구성되어 있다. 독자가 느끼는 피곤함은 심장에 피가 부족해지며 느끼는 피곤함이다. 한 시간 정도 프루스트를 읽으면, 끝없이 이어지는 은유의 밀물과 썰물에 압도되어 기진맥진해지고 화가 난다. 하지만 결코 얼이 빠지지는 않는다. 프루스트의 문체는 기교를 부린 것이고, 에둘러 하는 말들로 가득하며, 모호하고 결코 따라갈 수 없다는 비난은 완전히 근거 없는 것들이다.

프루스트가 사용하는 은유 중 많은 부분이 식물과 관계가 있다는 사실은 의미심장하다. 그는 인간을 식물에 비교한다. 그에게 인류는 식물계이지, 이를 결코 동물계로 인식하지 않는다. (프루스트의 소설에는 검은 고양이나 충실한 개가 등장하지 않는다.) 그는 "생생하지만, 기생하는 인간 식물들로 우리의 인생을 가득 채우는 데 시간을 허비하게 만드는 헛된 활동"[96]을 비난한다. 발베크의 해변에서 본 애호가 르 시다네르의 아내와 아들은 꽃핀 미나리아재비 두 송이 같다. 알베르틴의 웃음은 제라늄의 색깔과 향을 가지고 있다. 질베르트와 오데트는 하얀색과 보라색 백합이다. 그에게 알레르기를 일으키는 『펠레아스와 멜리장드』의 한 장면에 대해 이야기하는 순간, 그는 장미꽃에 반응해 재채기한다. 식물에 관한 은유의 빈번한 사용은 도덕적 가치와 인간의 정의에 대한 그의 완전한 무관심과 일맥상통한다.[97] 꽃과 식물은 의도적 의식이 없다. 부끄러움 없이 그것들은 자신의 생식기를 만천하에 드러낸다. 어떤 면에서 이는 프루스트가 창조한 남자와 여자에게도 해당한다. 그들의 의지는 무조건적이며 열렬하지만, 결코 의식적이지 않다. 절대적 주체의 절대적 지각 속에서 결코 파괴되지 않은 의지다. 그들은 스스로의 의지의 희생자다. 우스꽝스럽고 숙명 지어진 활동에 사로잡혀,

그들은 타락한 세상 속 한정된 좁은 공간에서 열에 들떠 움직인다. 하지만 부끄러움이라고는 없다. 그들이 옳은지 아닌지는 결코 중요하지 않다. 동성애는 악덕으로 정의되지 않는다. 그것에는 '노란 구륜앵초', 혹은 '자주 까치수염속풀'[98]이 수정하는 방식만큼이나 도덕적 의미가 결여되어 있다. 식물계의 존재들과 마찬가지로 인간은 맹목적인 의지를 가진 존재에서 시선을 받는 존재로 변하고자 순수한 주체의 주의를 끌기 원한다. 프루스트는 바로 이런 순수한 주체다. 그는 의지의 불순물로부터 거의 결백하다.[99] 의지가 예술적 창조를 하는 데 필수 조건이 아니라는 사실을 깨닫기 전까지 그는 의지 — 지성과 습관에 도움이 되기 때문에 실용적이라고 할 수 있는 — 의 부재를 한탄한다. 주체에게 어떤 의지도 없다면, 객체는 모든 인과성에서부터 자유롭다(이 경우 시간과 공간은 하나를 이룬다고 할 수 있다). 이러한 인간적 식물은 **모델**, **생각**, 자기 내부의 **것**을 이해하는 초월적 상태로 정화될 수 있다.

프루스트에게는 스펜서, 키츠, 조르조네에게서 볼 수 있는 의지의 붕괴라고는 전혀 볼 수 없다. 파리에서, 밤새 그는 램프 밑에 놓인 꽃핀 사과나무 가지의 크림색 하얀 꽃부리가 새벽빛을 받아 붉은색을 띠게 될 때까지 바라본다. 하지만 이는 이끼 낀 숲에서 공포에 떨며 웅크리고 앉아 부드러운 향기에 취한 꿀벌처럼 얼이 빠져, "양귀비 내음에 취해서", "시간이 지남에 따라 한 방울 한 방울 떨어지는 수액"을 관찰하는 키츠는 아니다. 아득하게 정신이 나간 채, 움직이지 않고, 숨이 넘어갈 듯하고, 단눈치오가 그토록 훌륭하게 묘사한("내가 그의 숨겨진 손에 대해 생각할 때면, 월계수의 잎을 구겨서 손가락에 향기를 묻히고 있는 손을 떠올린다."[100]) 조르조네의 「전원의 합주」에 나오는 타락하고 부패한 한 청년도, 같은 작가가 두 오르가슴 사이에 잠시 쉬고 있는 레안드로스라고 말도 안 되게 묘사한 「폭풍」[101] 속 얼빠진 불운의 인물도 아니다. 『불』[102]에서 볼 수 있는, 터진 채 붉은 액체가 흘러나오고 부패하기 시작한 석류의 붉은 씨앗들에서 나오는 진물이 썩은 물속으로 흘러들어가는 끔찍한 과일도 아니다. 프루스트식 환희는 관조적이며, 의지가 개입하지 않은

순수한 이해의 상태, '부드러운 광기'이자 '숭고한 광기'다.[103]

프루스트의 작품에서 음악, 특히 소나타와 7중주를 중심으로 뱅퇴유의 음악에 관해서 책 한 권을 쓸 수도 있겠다. 이 부분에 있어서 쇼펜하우어의 영향은 절대적이다. 쇼펜하우어는 음악은 '신비한 연산'이라는 라이프니츠의 의견을 반박하고, **생각**을 현상으로 재현하는 데 그치는 다른 예술 장르와 구분한다. 현상과는 상관없이 그 자체가 생각인 음악은 우주 밖에서 존재하며, 공간성 없이 오로지 시간성만을 갖는다. 따라서 음악은 그 어떤 목적론을 띤 가정으로부터 자유롭다. 음악의 이러한 특별한 본질은 청자에 의해 왜곡된다. 비순수한 객체로서 청자는 이상적이고 보이지 않는 것에 형태를 부여하고자 애쓰고, 자신이 적절하다고 생각하는 양상으로 생각을 표현하려고 고집한다. 따라서 오페라는 정의상 가장 비물질적인 예술을 끔찍하게 타락시킨 형태다. 오페라 대본의 문장들은 그것이 형상화하는 악절들에 있어서 방돔 광장의 기둥이 이상적인 수직선에 대해 상징하는 것과 같은 의미를 갖는다. 이런 점에서는 오페라가 적어도 세세하게 나열함으로써 코미디를 완성하는 보드빌보다 덜 완성된 장르라고 할 수 있다. 이런 점들은 완벽하게 이해될 수 있으며, 완전히 설명하기는 불가능한, 한 예술의 지워지지 않는 은밀한 증언인 '다카포(da capo)'[104]라는 아름다운 관습에 대해 다시 생각해보게 만든다. 음악은 프루스트 작품에서 촉매제 역할을 한다. 믿음이 없는 그에게 음악은 개성의 영원성과 예술의 실재를 증명한다. 음악은 특별한 순간들을 망라하고, 동반한다. 프루스트는 반복적으로 하는 신비한 경험을 "유일하게 음악적이고, 넓지 않고, 완전히 독창적이고, 다른 종류의 인상과는 차원이 다른 (…) '비물질적인'[105] 인상들 중 하나"[106]라고 묘사한다. 화자는 — 소나타의 '소악절'을 오데트와 일치시킴으로써 공간과는 별개인 것에 공간성을 부여하고, 그 부분을 자신의 사랑의 찬가로 변형시킨 스완과 반대로 — 자줏빛 망토를 걸친 채 마지막 악장에서 승리의 나팔을 부는 만테냐의 대천사들과도 같이, 유일하고 본질적인 아름다움의 비물질적이며 이상적인 확증, 유일한 우주, 소나타에서는 기도하듯 수줍게, 7중주에서는 영감을 구하듯 청원하며 표현된 작곡가의 변치 않는 음악 세계와 아름다움을, 또한 이 땅 위에 있는 육체의 삶을 저주받은 벌과로 만들고, '완성된'[107]이라는 단어의 의미를 밝히는 '보이지 않는 실재'의 확증을 뱅퇴유의 7중주 속 붉은 악절에서 본다.

1. "E fango è il mondo." 자코모 레오파르디(Giacomo Leopardi, 1798–837)는 19세기 초 이탈리아 염세 시인이다.

2. 서문의 내용에 관해서는 이 책의 「해설」 75–7면 참조.

3. 그리스신화 속 영웅 헤라클레스의 아들. 텔레포스는 트로이 함락 때 아킬레우스의 창에 찔려 부상을 당한다. "상처를 낸 자가 치유할 것"이라는 신탁에 따라 아킬레우스의 창에서 녹을 긁어내 상처에 바른 후 치유되었다고 한다.

4. 『되찾은 시간』, 4권, 625면.

5. 그리스신화 속 제우스의 아들. 인간인 그는 신들을 시험하기 위해 자신의 아들 펠롭스를 죽여 음식으로 내온다. 노한 제우스는 탄탈로스를 타르타로스의 연못에 목까지 집어넣었다. 그 옆에는 과일이 가득 달린 나무가 있었다. 하지만 그가 물을 마시려 할 때마다 물은 물러나고, 과일을 따먹으려 할 때마다 바람이 과일을 멀리 치웠다고 한다. 영단어 'tantalize'(감질나게 하다, 약 올리다, 괴롭게 하다)의 어원과 관련된다.

6. 처음부터 끝까지 동일한 속도로 빠르게 진행되는 기악곡으로, 종지형(終止形)이 없다.

7. 원문은 라틴어 "ad nauseam". 어떤 것을 강박적으로 반복해서 할 때 쓰는 표현.

8. 체사레 보르자(Cesare Borgia, 1475–507). 마키아벨리의 『군주론』에서 이상적으로 묘사된 바 있는 르네상스 시대 이탈리아의 전제군주. 권모술수로 이탈리아 통일을 꾀했으나 실패했다.

9. "12시, 7시, 셰퍼드 마실 시간"이라는, 당시 유명했던 아페리티프 광고에 대한 언급.

10. "In noi di cari inganni / non che la speme, il desiderio è spento." 레오파르디, 『자신에게(A se stesso)』 중에서.

11. 베케트는 'analogivorous'라는 신조어를 만든다. 'analogy'(비유, 유사)와 '-vorous'(–을 먹는, –에서 영향을 받는)의 합성어.

12. 『소돔과 고모라』, 3권, 151면.

13. 원문은 라틴어 "via dolorosa". 예루살렘에 있는 작은 길로, 그리스도가 형에 처하기 전에 십자가를 지고 걸었다고 전해진다.

14. 여기서 할머니라 함은 화자의 외할머니를 의미한다. 앞으로 본문에서 계속 할머니라고 칭할 것이다.

15. 장 드 라 발뤼(Jean de la Balue, 1421–91). 프랑스 사제이자 추기경. 루이11세의 직속 사제가 될 만큼 국왕의 신임을 얻고 권력을 누리지만, 왕을 배신하려는 음모가 발각되어 11년 동안 감옥에 갇힌다. 이 기간

동안 족쇄가 채워져 좁은 우리에 갇혀 지냈다는 설로 유명하다.

16. 「사람 목소리(La Voix humaine)」. 장 콕토(Jean Cocteau, 1889–963)가 1930년에 발표한 희곡. 같은 해 베르트 보비(Berthe Bovy)에 의해 초연되었다. 무대에는 전화를 하는 여자 단 한 명만 등장한다. 관객은 그녀가 하는, 끊어지며 중단되는 간헐적인 한쪽 대화만을 들을 수 있을 뿐이다. 1958년 프랑시스 풀랑크(Francis Poulenc)에 의해 서정 비극으로 만들어지기도 한다.

17. 원문은 라틴어 학칭 "nux vomica". 동종 요법에 쓰이는 생약 성분으로, 식욕을 항진시킨다.

18. 『꽃핀 소녀들의 그늘에서』, 2권, 73면.

19. 원문은 이탈리아어 "disfazione".

20. 토머스 섀드웰(Thomas Shadwell, 1642–92). 영국 시인이자 극작가. 그의 희곡 작품은 현실을 사실적으로 묘사하려고 하지만, 지루하고 따분한 경우가 많다고 평가된다.

21. 『사라진 알베르틴』, 4권, 267면.

22. 화자는 뱅퇴유의 소나타를 하얀색에, 7중주를 붉은색에 비유한다.

23. 베케트가 서문에 밝혔듯이 그가 참고한 N. R. F.의 『잃어버린 시간을 찾아서』(총 16권)에서는 『되찾은 시간』의 두 번째 권이지만, 1987–9년에 재편집되어 출간된 갈리마르의 플레이아드 판본으로는 4권 중에서 445면과 그 이하 부분에 해당한다.

24. 원래는 스테르마리아 부인인데 이때 그녀는 이혼한 상태였다.

25. 『소돔과 고모라』, 3권, 148면.

26. 『스완네 집 쪽으로』, 1권, 382면.

27. 『소돔과 고모라』, 3권, 161면.

28. 『소돔과 고모라』, 3권, 157면.

29. 『소돔과 고모라』, 3권, 156면.

30. 셰익스피어의 희곡 「템페스트」 속 주인공인 프로스페로의 딸.

31. 『꽃핀 소녀들의 그늘에서』, 2권, 152면.

32. 『게르망트 쪽』, 2권, 657면.

33. 『게르망트 쪽』, 2권, 647면.

34. 『갇힌 여인』, 3권, 614면. 베케트는 두 문장의 순서를 바꿔 인용한다.

35. 『갇힌 여인』, 3권, 617면.

36. 여기서 베케트는 뱅퇴유 양의 동성애 애인과 배우 레아를 동일 인물로 혼동하고 있다. 레아 또한 동성애 경향이 있지만, 유년기에 화자가 목격한 뱅퇴유 양의 동성애 상대는 아니다.

37. 『스완네 집 쪽으로』, 1권, 158–63면. — 원주

38. 소설의 1권인 『스완네 집 쪽으로』가 소개하는 한 에피소드에서 마르셀은 작곡가 뱅퇴유가 살고 있는 몽주방을 산책한다. 그러던 중 우연히 뱅퇴유의 집 안에서 벌어지는 일을 목격한다. 뱅퇴유의 딸은 죽은 아버지의 사진 앞에서 보란 듯이 자신의 동성 애인과 애무를 즐긴다. 애인이 그 사진에 침을 뱉을 거라고 하자, 뱅퇴유 양은 놀라는 척하면서 은근히 상대방의 거친 언행을 즐기고 마르셀은 그 모든 장면을 엿본다.

39. 『갇힌 여인』, 3권, 602면.

40. 뱅자맹 콩스탕(Benjamin Constant, 1767–830)의 1816년 작 소설.

41. 베케트가 프루스트의 문장을 자유롭게 의역하여 인용한 것으로 원래는 다음과 같이 표현되어 있다. "알베르틴이 하는 생각인 이 미지수에 관한 대략적인 등식은 다음과 같다: '나는 그가 어떤 의심을 하고 있는지 안다. 내 말이 사실인지 그가 확인할 것이 분명하다. 그의 일을 내가 방해하지 못하도록 그는 미리 손을 써놓았을 것이다.'" 『갇힌 여인』, 3권, 850면.

42. 『갇힌 여인』, 3권, 614면.

43. 『갇힌 여인』, 3권, 598면.

44. 단테의 『신곡』 중 「지옥 편」에서 방문하는 9번째 옥 중 제3원.

45. 『꽃핀 소녀들의 그늘에서』, 2권, 189면.

46. 『갇힌 여인』, 3권, 607–8면.

47. 아케메니드 페르시아 왕조의 왕(기원전 519–465). 아버지 다리우스 왕의 숙원인 그리스 정복을 위해 에게 해 위에 수많은 전투함들을 연결시켜 다리를 만들려고 했다가, 바다가 이를 무너뜨리자 광기에 휩싸여 바다에 채찍질을 했다고 전해진다.

48. 『갇힌 여인』, 3권, 612면.

49. 『갇힌 여인』, 3권, 887면.

50. 『사라진 알베르틴』, 4권, 31면.

51. 『갇힌 여인』, 3권, 915면.

52. "... ces dieux qui dans mon flanc / Ont allumé le feu fatal à tout mon sang, / Ces dieux qui se sont fait une gloire cruelle / De réduire le cœur d'une faible mortelle." 장 라신(Jean Racine, 1639–99)의 비극 「페드르(Phèdre)」 중에서.

53. 『사라진 알베르틴』, 4권, 60면.

54. 『사라진 알베르틴』, 4권, 139면.

55. 『사라진 알베르틴』, 4권, 190면.

56. 원문은 이탈리아어 "Non che la speme, il desiderio...". 주 10번 참조.

57. 『사라진 알베르틴』, 4권, 78면.

58. 원문은 라틴어 "cosa mentale". 레오나르도 다빈치는 저서 『회화론(Trattato della pittura)』(1651)에서 "회화는 정신적인 것이다(La pittura e cosa mentale)"라고 정의한 바 있다. 프루스트는 소설에서 다빈치의 이 표현을 인용하는데, '회화'와 관련해서가 아니라 '행복'에 대해 말하는 부분에서다. "행복은 (…) 다빈치가 회화에 대해서 'cosa mentale'이라고 한 것처럼, 완전히 생각으로 이루어져 있다. (Le bonheur [...] c'était [...] une chose toute en pensées [...] comme disait Léonard de la peinture, cosa mentale.)" 『꽃핀 소녀들의 그늘에서』, 1권, 491면.

59. 『꽃핀 소녀들의 그늘에서』, 1권, 601면. 베케트는 자신이 가지고 있던 프루스트 소설책의 이 부분 여백에 "비극적"이라고 써넣었다.

60. 이 인용문은 베케트가 프루스트의 소설 속 두 개의 다른 부분을 엮어 만들었다. "사람은 평생 거짓말을 한다. 특히, 어쩌면 유일하게 우리를 사랑하는 자들에게조차." 『사라진 알베르틴』, 4권, 189면. "우리가 가장 거짓말을 많이 하는 이방인들 중 하나는 우리가 가장 잘 보였으면 하는 자, 즉 우리 자신이다." 『소돔과 고모라』, 3권, 271면.

61. 원문은 이탈리아어 "puntìglio" 사용.

62. 『꽃핀 소녀들의 그늘에서』, 1권, 542면. 인용문 속 괄호 안의 표현은 베케트가 첨가했다.

63. 『꽃핀 소녀들의 그늘에서』, 2권, 260면. 인용문은 베케트가 자유롭게 엮은 것이다.

64. 『사라진 알베르틴』, 4권, 34면.

65. 원문은 라틴어 "socii malorum". 쇼펜하우어가 저서 『부록과 누락(Parerga und Paralipomena)』(1851)에서 쓴 표현.

66. "Pues el delito mayor / Del hombre es haber nacido." 칼데론(Pedro Calderón de la Berca, 1600–81)의 신비 희곡「인생은 꿈이다(La vida es sueño)」(1635) 중에서. 쇼펜하우어는 이 표현 또한 인용한다.

67. 『되찾은 시간』, 4권, 444면.

68. 『게르망트 쪽』, 2권, 342면.

69. 샤를 피에르 보들레르(Charles Pierre Baudelaire)의 『악의 꽃(Les Fleurs du mal)』에 수록된 시 「머릿결(La Chevelure)」에 나온 표현.

70. 라셸은 작품 속에서 생루가 사랑하는 유대인 연극배우이다. 코타르는 의사로, 귀족 부인의 살롱에서 어떻게든 인정받기 위해 노력하는 속물이다.

71. 스칸디나비아 신화에 등장하는,

운명을 관장하는 여신.

72. 원문은 이탈리아어 “ingegni storti e loschi”. 단테, 『향연』, 4권, 15장.

73. “Ponete mente *almen* com'io son bella.” 단테, 『향연』, 2권, 1장, 61절.

74. 『되찾은 시간』, 4권, 463면.

75. “e qual più pazienza avea negli atti / piangendo parea dicer: —Più non posso.” 단테, 『신곡』 중 「연옥편」, 10장, 138–9절.

76. 『되찾은 시간』, 4권, 441면.

77. 『되찾은 시간』, 4권, 510면.

78. “Chi non ha la forza di uccidere la realtà non ha la forza di crearla.” 프란체스코 데 상크티스(Francesco de Sanctis, 1817–83). 19세기 이탈리아 문예평론가. 비코를 사사했으며, 단테와 헤겔 연구자이다.

79. 원문은 라틴어 “post rem”.

80. 에드먼드 스펜서(Edmund Spenser, 1552–99). 미완성 장편 서사시 「페어리 퀸(The Færie Queen)」을 남겼다.

81. *The Vision of Mirza*. 영국 작가이자 정치가인 조지프 에디스(Joseph Addison, 1672–719)의 산문.

82. 조리스카를 위스망스(Joris-Karl Huysmans, 1848–907). 프랑스 심미주의 소설가. 대표작 『거꾸로(À rebours)』(1884)의 주인공 데 제상트는 귀족 가문으로 사회를 등지고 향, 보석, 예술 작품들에 둘러싸여 인공 낙원을 꾸미려 한다. 샤를뤼스의 실재 인물인 몽테스키우 백작(Comte de Montesquiou-Fézensac, 1855–921)을 모델로 삼아 창조되었다.

83. 이는 알프레드 드 뮈세, 바이런 경, 그리고 보들레르가 섞인 인물을 뜻한다.

84. 이와 같은 반지성적인 경향에 관해서는 다음을 참조: 『스완네 집 쪽으로』, 1권, 183–4, 206, 304면; 『게르망트 쪽』, 478–9면(생루의 행동); 『사라진 알베르틴』, 4권, 10면과 그 외. — 원주

85. 빅토르 위고의 시, 「올랭피오의 슬픔(Tristesse d'Olympio)」 중.

86. 『되찾은 시간』, 4권, 478–90면.

87. 『되찾은 시간』, 4권, 459면.

88. 『되찾은 시간』, 4권, 469면. 괄호 안의 내용은 베케트가 삽입한 것.

89. 에른스트 쿠르티우스(Ernst Curtius, 1886–956). 독일의 학자이자 평론가. 그가 1928년에 출간한 『마르셀 프루스트(Marcel Proust)』를 베케트가 읽었음을 알 수 있다.

90. 원문은 독일어 "Blickpunkt".

91. 생루는 라셸을 무대 위 연극배우로서 처음 접하고 그녀에게 반해 값비싼 선물 공세를 한다. 하지만 마르셀은 그녀가 한때 사창가의 여인이었다는 사실을 안다.

92. 출세 지향적인 모렐은 젊은 청년을 좋아하는 동성애자 샤를뤼스의 제안을 받아들여 그의 애인이 된다. 대신 그로부터 재정적 지원을 받고, 귀족 사교계에 입문한다.

93. 예: 먼지가 덮인 냅킨을 광선이라고 착각함. 배수관을 통과하는 물소리를 개가 짖는 소리나 배가 울리는 날카로운 사이렌 소리로 착각함. 문이 내는 삐걱거리는 소리를 순례자의 성가대가 조율하는 소리로 착각함. — 원주

94. 쇼펜하우어, 『의지와 재현으로서의 세계』, 3권, 36번째 문단.

95. 비교: 도스토옙스키와 세비네 부인 사이의 유사점: 『꽃핀 소녀들의 그늘에서』, 2권, 14면. — 원주

96. 『사라진 알베르틴』, 4권, 174면.

97. 『갇힌 여인』, 3권, 795면. — 원주

98. 원문은 라틴어 학칭 "*Primula veris*"와 "*Lythrum salicaria*".

99. 비교. 『스완네 집 쪽으로』, 1권, 12, 45–6면과 그 외; 『게르망트 쪽』, 2권, 370면; 『소돔과 고모라』, 3권, 318–9면; 『사라진 알베르틴』, 4권, 231면(베네치아에서 「오 솔레미오」를 듣고 마비됨). — 원주

100. 원문에서는 이탈리아 원문을 인용함. "ma se io penso alle sue mani nascoste, le imagino nell'atto di frangere le foglie del lauro per profumarsene le ditta."

101. 「전원의 합주(Concerto campestre)」(1510), 「폭풍(Tempesta)」(1508)은 베네치아 화가인 조르조네(Giorgione, 1477–510)의 회화 작품.

102. 『불(Il Fuoco)』. 가브리엘 단눈치오(Gabriele d'Annunzio, 1863–938)의 소설. 작가는 타락한 사회 속에서 자신이 겪은 바를 서술한다.

103. 원문에서는 라틴어 "amabilis insania"(호라티우스, 서정시 3장, 4–6행)와 독일어 "holder Wahnsinn" 인용(쇼펜하우어, 『의지와 재현으로서의 세계』, 3권, 36번째 문단).

104. 곡의 맨 처음으로 가서 다시 연주하라는 뜻을 가진 악상기호.

105. 원문은 라틴어 "sine materia".

106. 『스완네 집 쪽으로』, 1권, 206면.

107. 원문은 라틴어 "defunctus". '끝난', '완성된'이라는 뜻의 라틴어. 베케트 글의 마지막 단어다.

해설
청년 베케트가 읽은 프루스트[1]

『고도를 기다리며』(1952)로 단숨에 부조리극 거장의 반열에 오른 사뮈엘 베케트(1906-89)와 13년에 걸쳐 집필되고 작가 사후에야 완간된 유일한 소설 『잃어버린 시간을 찾아서』(1913-27)의 작가 마르셀 프루스트(1871-922) 사이에 공통점을 찾기란 쉽지 않다. 그럼에도 이 둘을 잇는 흥미로우며 분명한 증거가 있으니, 당시 스물다섯이던 베케트의 첫 산문 단행본, 『프루스트』(1931)다.

그전까지 베케트가 발표한 글은, 우선 문학 동인지 등에 기고한 제임스 조이스에 관한 비평 「단테…브루노. 비코··조이스」(1929)를 언급할 수 있다. 베케트보다 한 세대 위인 조이스는 『율리시스(Ulysses)』의 집필을 마치고 1년 동안 거의 아무것도 쓰지 않았다가 다시 글을 쓰기 시작하여, 새로운 소설의 일부를 발췌해 "'진행 중인 작품'을 진행시키기 위하여 그가 실행한 일에 대한 우리의 '과장된' 검토(Our Exagmination Round his Factification for Incamination of Work in Progress)"라는 제목으로 연재한다. 파리에서 베케트를 만난 조이스는 젊은 베케트의 뛰어난 재능과 글에 매료되어 베케트에게 자신의 새로운 작품에 나타난 단테, 브루노, 비코의 상관관계에 대한 글을 청탁한다. 베케트는 이 제안을 흔쾌히 받아들이고, 그렇게 해서 발표한 글이 「단테…브루노. 비코··조이스」다. 조이스는 그의 마지막이 될 소설을 17년에 걸쳐 완성하고, 이는 '피네건의 경야(Finnegans Wake)'라는 제목으로 출간된다. 오늘날 베케트의 비평은 조이스의 실험적이며 난해한 작품인 『피네건의 경야』(1939)를 소개하는 가장 훌륭한 글 중 하나로 꼽힌다.

그 외에도 베케트는 「가정(Assumption)」(1929)이라는 짧은 소설 한 편을 발표했고, 에우제니오 몬탈레(Eugenio Montale), 라파엘로 프랑키(Raffaello Franchi), 지오바니 코미소(Giovanni Comisso), 폴 엘뤼아르(Paul Éluard), 앙드레 브르통(André

Breton) 등 이탈리아 및 프랑스 작가들의 시와 산문을 영어로 번역하기도 한다. 자신의 이름으로 독립적으로 출간한 작품은 시 「호로스코프(Whoroscope)」(1930)가 실린 소책자 한 권이 전부였다. 베케트에게 작지만 첫 문학적 영광으로 남게 되는 이 시의 집필 경위가 흥미롭다. 1930년, 파리에 있던 베케트는 시 모집 광고를 접하는데, 공교롭게도 베케트가 그 광고를 본 날이 바로 마감 당일이었다. 이는 파리에 소재한 영국 출판사인 디 아워즈 출판사(The Hours Press)가 기획한 공모전으로, 우승자에게는 해당 출판사에서 시를 출간할 기회와 상징적인 상금 10파운드가 주어진다. 시작(詩作) 조건은 단 두 가지. 첫째는 주제가 '시간'과 관련되어야 한다는 것, 둘째는 100행을 넘기지 말아야 한다는 것이었다. 베케트는 시를 단 몇 시간 만에 완성해 마감일 밤 출판사 우편함에 직접 넣고 돌아온다. '호로스코프'라는 제목의 98행 시는 데카르트의 삶에 관한 것으로, 베케트는 우승을 거머쥔다.

이렇듯 베케트가 대중에 처음 글을 발표한 1928년부터 『프루스트』를 집필하던 1930년까지 청년 베케트의 짧은 글쓰기 양식을 살펴보면 그가 비평과 번역, 창작 모두에 관심을 가지고 있었음을 알 수 있다. 이를 뒷받침하듯 1930년 6월, 『트랜지션(transition)』지의 저자 색인에 베케트는 '아일랜드 시인이자 에세이 작가'라고 소개된다.

2년에 이르는 이 기간 동안(1928년 가을에서 1930년 여름까지), 베케트는 파리의 고등 사범학교(École Normale Supérieure)에서 영어 교사로 재직한다. 그리고 계약 기간이 다하여 다시 아일랜드로 돌아와야 하는 시점에 베케트는 「호로스코프」의 출간을 기획한 디 아워즈 출판사의 편집자들로부터 영국의 채토 앤드 윈더스(Chatto & Windus) 출판사가 프루스트와 관련된 단행본을 기획한다는 소식을 접한다. 다시 아일랜드로 돌아와야 하는 상황에서 베케트는 그해 여름을 파리에서 더 머물 수 있는 기회로 보고 프루스트 관련 단행본 집필을 수락한다. 베케트가 「단테…브루노. 비코··조이스」를 집필하기 전에 이미 단테와 조이스의 글에 심취해 있었고,

「호로스코프」를 구상하기 몇 달 전부터 데카르트를 탐독했던 반면, 이번 원고를 청탁받기 전에는 『잃어버린 시간을 찾아서』를 읽기 전이었다고 한다. 따라서 베케트는 프루스트의 소설을 서둘러 읽었을 뿐만 아니라, 프루스트 관련 비평서와 쇼펜하우어 철학서도 동시에 읽었다고 한다. 그렇게 해서 원고 마감 기일까지 서둘러 완성된 『프루스트』는 이듬해 봄 런던에서 출간된다. 『프루스트』는 출간 당시 평단과 독자에게서 거의 아무 반응도 얻지 못했음에도, 그로부터 3년 뒤 같은 출판사는 베케트의 단편소설집, 『발길질보다 따끔함(More Pricks Than Kicks)』(1934)을 출간한다.

베케트의 망설임

베케트의 첫 산문 단행본인 『프루스트』는 형식 면에서 학술 저서 및 논문들과 차별되는 자유분방함을 갖는다. 학술서에 필히 요구되는 주석 및 참고 문헌이 없으며, 간혹 눈에 띄는 몇몇 주석마저 의미 있는 부가 설명이라기보다는 프루스트 인용문의 출처를 밝히는 정도에 그친다. 하지만 이보다 더 심한 학술적 과오는 베케트가 선행 연구의 출처를 밝히지 않고 인용하는 '표절'을 저질렀다는 사실이다. 존 플레처라는 연구자가 예로 든 '표절'의 대상이 되는 작품은 아르노 당디외(Arnaud Dandieu)의 『마르셀 프루스트, 그의 심리적 계시(Marcel Proust, sa révélation psychologique)』(1930)와 레옹 피에르캥(Léon Pierre-Quint)의 『마르셀 프루스트의 생애와 작품(Marcel Proust, sa vie, son œuvre)』(1925)이다. 플레처는 당디외의 저서에 비의도적 기억의 예로 열거한 여러 에피소드들, 가령 마들렌과 홍차, 할머니의 죽음, 게르망트 대공 부인의 서재 등을 베케트가 거의 그대로 나열하면서도 출처를 밝히지 않았다고 지적한다. 또한 피에르캥이 쓴 책의 경우, 이 작가가 처음으로 프루스트의 소설 속 비의도적 기억이 갖는 의미를 언급했으나, 베케트는 이를 그대로 인용하면서 출처는 밝히지 않았다는 것이다. 반면 프루스트 전공자인 뤼크 프레스의 경우 '표절'이 아닌 '비밀스러운 모작'이라고 완곡하게 표현한다.[2]

『프루스트』 출간을 기획한 채토 앤드 윈더스는 이 책을 자사의 한 시리즈인 돌핀 북스를 통해 출간하는데, 이 시리즈는 전문 학술서가 아닌 일반 독자 대상의 교양서라는 사실을 감안하면 베케트의 선택을 이해할 수 있다. 하지만 이보다 더 설득력 있는 설명은, 베케트는 대학 강단에서의 교육자나 학술서를 집필하는 비평가로서 이미 회의를 느끼고 있었다는 사실이다. 2년간의 프랑스 대학 강사 생활은 그에게 다른 지성인들과 교류하고 개인적으로 독서할 시간을 주었다는 점, 그리고 앞으로 걷게 될 예술가의 길에 자양분이 되었다는 점에서는 생산적이었을지 몰라도, 그는 아일랜드에 돌아와 대학 강단에 설 때 필요한 논문을 작성하지 않는다. 『프루스트』의 집필을 기회 삼아 그럴 수 있었음에도 말이다.

사실 베케트는 학부 시절, 그의 프랑스어 교수였던 토머스 러드모즈 브라운으로부터 모교에서의 교직생활을 권유받는다. 브라운은 베케트의 언어적, 문학적 재능을 일찌감치 간파했던 것이다. 두 차례의 여름방학 동안 베케트가 프랑스 투르와 이탈리아 피렌체에 체류할 수 있도록 추천하고, 베케트가 파리 고등 사범학교에서 2년간 교환제 영어 강사로 일할 기회를 열어준 것도 그였다. 브라운은 제자에게 학위논문을 작성할 것을 권하고, 베케트는 당시 에밀 베르하렌(Émile Verhaeren)이나 피에르 장 주브(Pierre Jean Jouve) 등의 시인에 관한 논문을 막연히 구상한다. 하지만 베케트는 1927년 12월 학부 졸업 후 벨파스트의 캠벨 칼리지에서 두 학기 동안 프랑스어 강사로 지내는데, 이때의 경험으로 그는 자신에게 교직이 맞지 않는다는 사실을 깨달을뿐더러 학계에 대한 회의를 처음으로 갖게 된다. 결국 브라운이 권한 논문을 베케트는 작성하지 않고, 전혀 '논문적이지' 않은 『프루스트』를 자유롭게 집필한다.

베케트가 출판사의 제안을 받아들인 후, 『잃어버린 시간을 찾아서』를 구성하는 총 일곱 권 중 그 첫 번째 권에 해당하는 『스완네 집 쪽으로』를 읽은 다음 적은 감상은 결코 긍정적이지만은 않다.[3] 그는 아일랜드 출신 시인이자, 자신과 마찬가지로 파리 고등 사범학교에서 영어를 가르치던 토머스 맥그리비에게 1930년 쓴 편지에서 프루스트의 작품을 "이상하게 균형 잡히지 않은" 것이라고 평가하고, 자신의 불편한 심정을 토로한다.

> 블로크, 프랑수아즈, 레오니 아주머니, 르그랭당같이 비길 데 없이 놀라운 인물들이 있는가 하면, 견딜 수 없이 자질구레하고, 인위적이고, 거의 부정직한 부분들도 있습니다. (…) 그[프루스트]에 대해서 어떻게 생각해야 할지 모르겠습니다. 그는 소재들을 완벽하게 지배하는 나머지 때로는 그 노예가 되기도 하고, 그렇지 않기도 합니다.[4]

이 편지에 드러나 있듯이 베케트는 처음부터 프루스트의 작품에 열광적으로 매료되지는 않았다. 소설의 1권을 읽고 그의 느낌은 양분되었으며, 긍정적인 평가만큼이나 부정적인 시각도 가지고 있었다. 또한 아직 자신이 쓸 글의 방향을 잡지 못한 상태로 갈팡질팡하는 모습을 보인다. 1930년 8월 25일, 베케트는 맥그리비에게 지난 몇 주 동안 『잃어버린 시간을 찾아서』를 두 번 완독했지만 그에 관한 글을 쓸 수 있을지 확신이 없다며, "끝에서부터 시작해야 할지, 처음에서부터 시작해야 할지 모르겠습니다"라고 고백한다.

그런데 이런 불확실성과 망설임 속에서 글을 쓰고 두 달이 채 지나지 않은 10월 중순, 그는 완성된 원고를 출판사에 보낸다. 망설임은 자신의 손에서 원고를 떠나보낸 후에도 사라지지 않았는지, 10월 14일에 출판인 찰스 프랜티스에게 편지를 써서, 글의 마지막에 대여섯 쪽을 추가해도 되는지 여부를 묻는다. 프랜티스는 작가의 의향을 존중해 긍정적인 답장을 보내지만, 베케트는 결국 아무 내용도 더하지 않는다. 진지한 학술 연구서를 쓰기에는 지나치게 자유롭고, 그렇다고 받아들인 원고 청탁을 거절할 수도 없고, 『잃어버린 시간을 찾아서』는 완전히 손에 잡히지 않고, 그래서 베케트는 그의 머릿속에 가득한 이탈리아, 독일, 프랑스의 다양한 작가와 철학자들 — 단테, 레오파르디, 쇼펜하우어, 라이프니츠, 데카르트, 보들레르 등 — 을 동원해 그들에 의존해서 프루스트를 이해하고 표현하려 했다.

출판사는 이듬해인 1931년 3월 5일, 『프루스트』를 출간한다. 베케트가 원고를 넘기고 채 5개월도 지나지 않아 책이 서점에서 빛을 보게 된 것이다. 베케트는 확신을 갖지 못한 채 쓴 자신의 글이 그토록 빠른 시일 내에 단행본의 형태로 구체화되어 죄책감과 당혹스러움이 겹쳤을 것이다. 출간 일주일 후, 베케트는 맥그리비에게 자신의 단행본을 읽은 소감을 전한다.

> 책을 빠르게 읽었습니다. 무슨 생각을 하고 있었는지 그저 기가 막힐 뿐입니다. 창백한 잿빛 사포 같은 느낌입니다. (…) 이 책은 (…) 증기 롤러로 압착되어 왜곡된 것에 상응하는 나의 어떤 단면들, 혹은 단면들의 혼란입니다.[5]

『프루스트』에 대한 불확실과 망설임은 그 이후에도 계속되어, 시간이 지나 베케트의 명성이 높아지고, 모국어인 영어와 전공인 프랑스어를 자유롭게 구사하게 되어 자신이 직접 자신의 작품을 번역해 소개하게 된 때에도, 그는 영어로 쓴 이 글을 프랑스어로 번역하지 않았다. 1931년 출간된 『프루스트』가 프랑스어권 독자에게 처음으로 소개된 것은 그로부터 60년이 지난 1990년, 에디트 푸르니에가 미뉘 출판사를 통해 번역하면서다. 청년 베케트의 초기 글이 갖는 상징적인 의미에도 불구하고 이렇게 뒤늦게 번역된 까닭에 대해서는, 이 글의 내용과 형식이 띠는 추상성과 난해함 때문에 프랑스어권 연구자들도 번역하기를 꺼려했다고 짐작해볼 수 있다.

개인 프루스트와 작가 프루스트

베케트의 『프루스트』에는 차례도, 주석도, 해제도, 참고 문헌도 없다. 간혹 문단 사이를 별 세 개로 지극히 간단하게 나누었을 뿐이다. 논문이나 학술서라기보다는 차라리 한번에 쭉 읽히는 에세이라고 함이 적당하다. 하지만 어휘의 압축성, 다양한 작가와 사상가들에 대한 추상적인 언급은 대개 비전공자인 독자에게 당혹감을 안긴다. 베케트의 의견이 가장 명료하게 전달되는 부분은 다름 아닌 서문이다.

> 이 책에는 마르셀 프루스트의 전설적인 삶이나 죽음에 관한 이야기가 없으며, 유산을 상속받은 편지 속 늙은 과부, 시인, 에세이를 남긴 작가, 칼라일의 '아름다운 광천수 병'에 해당하는 젤테르의 물에 대한 그 어떤 암시도 없다.

여기서 베케트가 『프루스트』를 통해 거부하는 바를 네 가지로 분류할 수 있다.

1. 작가 프루스트가 아닌 개인 프루스트
2. 프루스트와 관련한 주변인들의 증언
3. 시인이자 에세이 작가 프루스트
4. 러스킨 숭배자이자 번역가 프루스트

즉 베케트는 철저히 『잃어버린 시간을 찾아서』라는 작품을 중심으로 개인이 아닌 소설가 프루스트에게 집중하고자 한다. 프루스트가 사망한 때는 1922년, 『잃어버린 시간을 찾아서』가 완간된 때는 작가 사후인 1927년, 그리고 베케트가 『프루스트』를 집필한 때는 1930년이다. 당시 앙드레 지드(André Gide)가 창간 멤버이자 편집인으로 있던 『누벨 르뷔 프랑세즈(Nouvelle Revue Français, 이하 N. R. F.)』는 프루스트 사망 후 두서없이 흩어진 작가의 악필 원고를 해독하고 자리매김하고 편집하는 고초를 치른 후, 『잃어버린 시간을 찾아서』를 장장 열여섯 권으로 나누어 선보인다. 시간과 다투며 '글쓰기'에 매달렸으되 그것을 수정하고 교열하는 데는 시간이 모자랐던 프루스트의 어려움이 그대로 드러난 N. R. F.의 판본에 대해서도 베케트는 서문에 "열여섯 권짜리 끔찍한 판본"이라고 가차 없이 혹평한다. 프루스트의 소설이 완간된 지 단 3년이 흘렀기에, 당시 프랑스 학계는 프루스트 텍스트를 진지하게 연구한다기보다는 그의 가족과 친구 등이 작가의 생애에 관련된 전기적 단행본을 펴내거나 교환한 편지들을 정리해 출간하던 분위기였다.

우선 베케트가 다루기를 거부하는 프루스트의 첫 단면, 즉 프루스트 개인에 관해서는 이렇듯 작가 사후에 지인들이 그와 교환한 편지들을 정리해 출간한 책들이 전하는 프루스트를 가리킨다. 지금은 총 21권으로 완결된 프루스트 서간집이 1930년 당시 플롱 출판사를 통해 그 첫 권이 막 출간된 상태였다. 이 밖에도 뤼시앵 도데(Lucien Daudet), 로베르 드레퓌스(Robert Dreyfus) 등 작가의 지인들은 프루스트와 교환한 편지들을 출간했고, 이런 단행본은 공쿠르 문학상을 수상한 프루스트를 향한 독자들의 호기심을 어느 정도 충족시킨다. 하지만 베케트는 이러한 프루스트의 개인적이며 사회적인 면모에는 관심이 없다고 선언한다.

이어서 베케트가 두 번째로 언급한 "유산을 상속받은 편지 속 늙은 과부"는 안나 드 노아유 백작 부인을 일컫는다. 글 속에서 베케트는 그 이름을 언급하며 그녀의 시를 높이 평가한 프루스트를 야유한다("또한 프루스트는 노아유 백작 부인의 시를 칭송하지 않았던가. 빌어먹을!"). 모든 이에게 사랑받기를 원했던 프루스트는 이제는 문학사에서 완전히 잊힌 그녀의 시를 "가장 놀라운 성공 중에 하나, 문학적 인상주의의 걸작"[6]이라고 특유의 아첨 짙은 칭송을 한 바 있다.

세 번째로 "시인, 에세이를 남긴 작가"에 관해서는 1896년 출간된 『기쁨과 나날(Les Plaisirs et les jours)』을 남긴 프루스트를 뜻한다. 프루스트는 학창 시절 쓴 시와 에세이를 모아 자비로 첫 작품을 출간한다. 프루스트의 시에 당시 인기 있던 화가 마들렌 르메르(Madeleine Lemaire)가 삽화를 그리고, 작곡가 레날도 한(Reynaldo Hahn)이 음악을 더한 초호화 양장판으로, 아나톨 프랑스(Anatole France)가 서문을 썼다. 또한 프루스트는 1919년 『모작과 잡록(Pastiches et mélanges)』이라는 에세이집을 출간한다. 그는 자신만의 문체를 발견하기 전에 공쿠르형제, 플로베르 등의 문체를 모방해 글쓰기 연습을 한다. 모작이라는 이름으로 다양한 문예지 등에 기고했던 글, 귀부인들의 살롱을 출입하며 그날 사교 모임에서 있었던 일을 일간지 등에 기고했던 글, 서평 등을 모아 단행본으로 출간한 것이다. 하지만 베케트는 프루스트의 편지, 시, 에세이 등은 일체 언급하지 않고 오로지 소설에만 집중한다. 작품을 창조하는 예술가로서의 '나'는 대화하고, 편지 쓰고, 우정을 나누는 개인으로서의 '나'와 다르며, 그 예술가를 평가하는 유일하고 절대적인 기준은 오로지 작품이어야 한다는 프루스트의 작가론이 드러나는 미완성 비평서인 『생트뵈브에 반박하여(Contre Sainte-Beuve)』가 1954년에야 출간되었음을 고려하면, 베케트의 이런 입장은 프루스트를 본능적으로 이해한 그의 놀라운 통찰력을 보여준다. 실제로 소설가 프루스트에게 초점을 두고 작품을 본격적으로 분석한 연구서가 나타난 때는 1970년대로, 이제는 프루스트 연구자들에게 필수 참고문헌 중 하나가 된 장이브 타디에(Jean-Yves Tadié)의 『프루스트와 소설(Proust et le Roman)』(1971)이 그 첫 신호였다.

또한 네 번째이자 마지막으로 베케트는 러스킨 숭배자이자 번역가 프루스트를 부정한다. 그것은 서문에서 "칼라일의 '아름다운 광천수 병'에 해당하는 젤테르의 물에 대한 그 어떤 암시도 없다"라는 부분에서 드러난다. 토머스 칼라일(Thomas Carlyle)은 제자였던 존 러스킨(John Ruskin)을 가리켜 '아름다운 광천수 병'이라고 편지에 표현한 바 있다.[7] 베케트가 말한 '젤테르의 물'[8]은 칼라일과 러스킨의 관계를 러스킨과 프루스트 사이로 옮겨온 것으로 생각할 수 있다. 한때 러스킨의 미학에 심취했던 프루스트는 그를 숭배하는 마음으로 러스킨의 저서 두 권—『참깨와 백합(Sesame and Lilies)』, 『아미앵의 성서(The Bible of Amiens)』—을 번역하기도 한다. 하지만 베케트는 프루스트의 이러한 다양한 면모는 전면 부정하고, 오로지 『잃어버린 시간을 찾아서』를 중심으로 소설가 프루스트와 그의 작품을 분석하겠다고 선언한다.

시간 속 주체와 객체

이제 『프루스트』의 본론으로 들어가보자. 우선 그는 프루스트 작품의 '내적 연대'를 따를 것을 예고한다. 소설의 주인공 마르셀이 콩브레에서 유년기를 보내고, 파리의 살롱과 노르망디 발베크의 해변가에서 사랑과 우정을 경험하고, 마지막 권인 『되찾은 시간』 중 게르망트 대공 부인의 오후 연회에서 작가로서의 소명을 재발견하는 흐름이 '외적 연대'라고 한다면, 베케트는 이를 따르지 않고 작품의 본질에 바로 접근한다. 즉 『되찾은 시간』의 마지막 장면에서 발견하는 진리를 베케트는 글의 서두에 언급한다. 머리말에 이은 첫 페이지에서 베케트는 게르망트 대공 부인의 서재에서 마르셀이 발견하는 진리의 성격을 분석한다.

> 화자에게 작품 구조의 디딤돌은 소설의 마지막 부분인 게르망트 대공 부인(전 베르뒤랭 부인)의 서재에서, 구조를 이루는 소재의 본질은 이어지는 오후 연회에서 밝혀진다.

여기서 베케트는 이미 프루스트의 작품을 거대한 구조를 띤 건축물에 비유하고 있다. 당시 프루스트가 가장 비난을 많이 받은 부분이 바로 탄탄한 구조의 부재, 단편적이고 파편적인 에피소드들의 나열이라는 것이었다. 이에 반해 베케트는 프루스트 소설을 지탱하는 "디딤돌"을 보았고, 그 위에 다양한 요소들이 쌓여 무너지지 않는 건축물이 형성됨을 간파한 것이다. 오늘날 프루스트의 소설은 장인이 오랜 시간 다양한 예술 장르와 양식을 혼합해 정성 들여 완성한 성당에 비교되기도 한다.

베케트는 프루스트의 작품이 '시간'에 관한 것임을 본능적으로 감지한다. 그럼으로써 시간에 대한 공간의 부정, 혹은 시간에의 종속을 본다.

> 그는 공간적 척도로까지 그 자신을 굴복시키지는 않을 것이며, 사람의 키와 무게를 햇수가 아닌 육체로 측정하기를 거부할 것이다.

시간 안에 종속되는 것은 공간만이 아니다. '주체'와 '객체' 또한 시간 안에서 그 관계가 정해진다. 서로를 절대로 완전하게 알 수 없는 두 개의 다른 대상으로서, 주체와 객체는 서로의 주변을 맴돈다. 베케트는 주체와 객체를 "두 개의 개별적이며 내적인 대상"이자 "그들 사이에는 일체화할 수 있는 구조가 존재하지 않는다"고 본다. 프루스트의 인물들은 완전하게 만족감을 느낄 수 없는 존재로서, 시간의 희생물이자 포로다.

주체가 욕망의 대상과 일치할 경우, 즉 주체가 욕망하던 것을 손에 넣을 경우, 그 대상을 원하던 어제의 주체는 그것을 손에 넣은 오늘의 주체가 더 이상 아니기에, 즉 끝없이 변동하고 움직이는 주체이기 때문에 완전한 만족감, 일체감을 느낄 수 없다. 마실 물과 먹을 과일이 옆에 있는데도 이를 마시고 먹지 못하는 탄탈로스와도 같이, 프루스트의 인물은, 즉 우리는 욕망의 대상을 손에 넣지 못하고, 혹은 손에 넣어도 완전한 충족감을 느끼지 못하는 존재다.

> 어제 열망하던 것들은 어제의 자아에게는 유효했지만, 오늘의 자아에게는 아니다. 우리는 한때 성취라고 하는 것에 기뻐했다는 사실이 무효가 되는 데 실망한다. 그런데 성취란 대체 무엇인가? 그것은 욕망의 주체와 객체가 일치함을 말한다.

주체가 되는 프루스트의 작중인물이 욕망하는 대상을 소유할지라도 행복감 내지는 만족감을 느끼지 못하고, 이들의 사랑은 불행할 수밖에 없다. 이를 가장 잘 보여주는 예가 마르셀과 알베르틴의 관계라고 하겠다. 이 둘의 관계가 모든 인간관계의 전형이자, 그 실패는 이미 정해져 있는 것이라고 말할 때, 우리는 앞으로 펼쳐질 베케트의 비관주의를 엿볼 수 있다. 베케트는 『프루스트』의 첫 구절로 이탈리아 비극적 낭만주의 시인인 레오파르디의 시구 "세상은 진흙에 불과하다"를 인용하는가 하면, 책의 마지막 문장은 "이 땅 위에 있는 육체의 삶은 저주받은 벌과다"로 설정하지 않았던가. 프루스트 인물들의 비극적인 숙명은 비단 사랑에서뿐만 아니라, 우정에 있어서도 마찬가지다. 마르셀은 유년기부터 꿈꾸던 게르망트 가문의 로베르 드 생루와 발베크에서 처음 안면을 트고 그의 특별한 관심과 애정의 대상이 되는 특권을 누리지만, 정작 그와 우정을 나누면서는 혼자 사색할 수 있는 시간이 줄어들었다고 한탄한다.

시간 속 기억과 습관

주체와 객체에 이어, 기억과 습관은 시간 속에서 살아남기 위해 몸부림친다. 하지만 시간이라는 '암' 속에서 기억과 습관은 생존할 수 없다. 이미 그들의 비극적 운명은 결정되었다. 또한 기억 및 습관은 시간과 함께 삼두 괴물을 형성한다. 습관은 권태에 의한 것이다. 습관은 삶을 지배하지만, 또한 삶을 유지할 수 있는 힘이 된다. 습관이 있기에 우리는 두려움과 고통을 잊을 수 있다. 습관이 '죽는' 매우 드문 순간, 우리는 두려움과 고통 등 그야말로 '삶의 실재'에 노출된다.

베케트는 프루스트의 작품에서 바로 그런 매우 드문 순간으로 두 가지 예를 든다. 하나는 마르셀이 처음 방문하는 발베크 그랑 호텔의 낯선 방에서 느끼는 두려움이다. 천장이 낮은 자신의 방에서 분리되어 천장이 높은 호텔 방에 덩그러니 놓인 마르셀은 그 방의 모든 요소들—가구들, 커튼, 벽지 등—, 즉 이 "낯선 물건들의 지옥"이 자신을 공격하는 것처럼 느낀다. 습관이 나를 떠난 이 순간, 마르셀은 그 무엇으로부터도 위로받을 수 없음을 깨닫는다. 그러면서 자신의 익숙한 방과의 분리조차도 이같이 큰 고통을 주는데, 사랑하는 질베르트, 부모님, 더 나아가 죽음에 의한 자기 자신과의 이별은 얼마나 큰 고통이 될지 상상하며 두려움에 떤다. 그러나 그의 상상은 거기서 머물지 않고, 자신에게 이런 고통을 제공하는 원인인 잠시 사라진 "습관"이 언젠가는 다시 나타날 것임을 안다. 그렇게 되면 지금 이렇게 끔찍하게 느껴지는 방도 더 이상 끔찍하지 않을 것이고, 사랑하는 존재들과 분리되어도 결국은 망각에 의해 잊힐 것이며, 결국에는 자신이 그들을 사랑했었다는 사실까지도 잊게 될 것이라는 진리에 도달한다. 결국 "인생은 우리에게 거절된 모든 천국들의 연속으로, 유일한 진정한 천국은 우리가 잃어버린 천국이다"라는 결론에 도달한다.

습관이 잠시 모습을 감추면서 주인공에게 삶의 특별한 진리를 깨닫게 만드는 두 번째 예는, 마르셀이 할머니와 전화 통화를 하는 순간이다. 마르셀은 로베르와 함께 군인들의 막사가 있는 동시에르에 있는데, 그곳에서 젊은이들의 우정과 애국심에 한층 고무되어 있다. 그러던 중 할머니에게 전화를 걸고, 그때 그는 할머니의 목소리 자체만을, 그 온전한 실재를 처음으로 듣게 된다. 그것은 여태까지 그가 익숙해져 있던 할머니의 목소리와는 완전히 다르다. 슬픔으로 가득한 그 목소리는 그녀가 정성 들여 꾸민 가면에 의해 가려지지 않은 상태다. 그러다 갑자기 전화국의 결함으로 목소리가 끊기고, 마르셀은 할머니를 당장 봐야만 한다. 그 무엇도 그를 동시에르에 잡아놓지 못한다. 그가 부리나케 파리로 돌아가서 할머니를 보는 순간, 할머니는 가장 좋아하는 세비네 부인의 서간집을 읽고 있다. 하지만 그녀는 손자가 거기에서 있다는 사실을 모르고, 그의 존재를 느끼지 못하고 있다. 이때 여행의 피로와 걱정으로 인해 할머니에 대한 마르셀의 애정의 "습관"은 잠시 손을 놓은 상태다. 이때 베케트는 화자의 시선을 잔인하리만치 정확하게 작동하는 사진기에 비유한다.

> 그 순간 그는 할머니가 이미 오래전에, 그것도 여러 번 죽었다는 것을 깨닫고 소스라친다. 그의 생각 속에서 사랑하던 익숙한 존재, 습관적인 기억에 의해 수년에 걸쳐 관대하고 긍정적으로 재생산된 그 존재는 더 이상 존재하지 않는다는 사실을 깨닫는다.

시간 안에서의 주체와 객체, 기억과 습관이라는 맞물림은 베케트의 글 전반에 깔려 있는 이중 구조를 대변한다. 시간은 죽이기도 하고 치유하기도 하는 텔레포스의 창처럼 이중성을 띤다. 베케트가 본 프루스트의 시간은 창조자이자 파괴자다.

음악과 쇼펜하우어

책의 후반부에 베케트는 쇼펜하우어의 음악 이론을 프루스트가 어떻게 소설에 접목하는지 언급한다. 베케트에 의하면 음악은 다른 예술 장르와 달리 공간성을 띠지 않고, 오로지 시간성만을 갖는다. 하지만 바로 이 때문에 음악이 갖는 이러한 특별한 본질에도 불구하고 오페라는 가장 하위권 장르라고 하기도 한다.

> 쇼펜하우어는 음악은 '신비한 연산'이라는 라이프니츠의 의견을 반박하고, **생각**을 현상으로 재현하는 데 그치는 다른 예술 장르와 구분한다. 현상과는 상관없이 그 자체가 생각인 음악은 우주 밖에서 존재하며, 공간성 없이 오로지 시간성만을 갖는다.

하지만 지나치게 추상적인 베케트는 "생각"이 무엇인지 설득력 있게 분석하지는 않는다. 베케트가 쇼펜하우어와 음악에 대해 이야기하는 부분은 책의 마지막 두 면에 불과하다. 즉 결론을 내려야 할 부분에서 베케트는 프루스트 소설에서 중요한 의미를 차지하는 음악을 언급해 새로운 문을 제시하되, 이 문을 여는 것은 독자의 몫으로 남긴다.

베케트의 『프루스트』가 갖는 독보적인 의미 중 하나는 비난의 대상이었던 프루스트의 문체에 거의 처음으로 찬사를 보낸 점(프루스트의 편집인이었던 지드는 프루스트의 어떤 문장은 7개의 단어로 구성되었는데 그중에서 3개가 잘못되었다고 지적하지 않았던가), 그리고 그의 소설을 쇼펜하우어의 렌즈를 통해 읽어내 작품 속 독일 낭만주의 철학의 특징들을 발견한 점이다. 물론 『잃어버린 시간을 찾아서』를 철학적으로 해석하려는 시도는 이미 존재했다. 그중 가장 빈번하게 언급된 이름은 『물질과 기억(Matière et mémoire)』(1896)의 저자 앙리 베르그송(Henri Bergson)이다. 하지만 베케트는 프루스트와 베르그송을 연결시키지 않음으로써 동시대 연구자들이 빠진 함정에서 벗어난다. 실제로 프루스트는 자신의 미학이 베르그송의 철학과 다름을 여러 차례 주장했지만, 둘 사이에 유사성보다는 차이점이 존재한다는 사실이 분명하게 밝혀지기까지는 더 오랜 시간이 지나야 했다. 베케트의 이러한 해석은 40년 정도 앞선 것으로, 1970년대와 1980년대에 들어서야 프루스트 연구자들은 집중적으로 『잃어버린 시간을 찾아서』에 나타난 독일철학의 요소들을 조명한다.

자유 비평가 베케트
베케트가 비평가로서 자유로울 권리를 행한 순간은 특히 그가 프루스트의 텍스트를 인용하는 부분에서 두드러진다. 혹자는 '표절'이라 하고, 혹자는 '모작'이라고도 하는 이 민감한 부분을 짚어보면, 한 가지 확실한 사실은 베케트가 프루스트의 원문을 '변형'시켰다는 점이다. 이때 변형은 크게 네 가지 형태로 나타난다.

1. 원문의 문장 순서를 바꾸어 인용한다.
2. 긴 원문을 짧게 요약하거나, 자유롭게 의역하거나, 임의적으로 괄호를 삽입해 내용을 첨가한다.
3. 원문 속 두 부분에 등장한 문장들을 각기 발췌해 동시에 인용한다.
4. 출처 표기는 물론 큰따옴표로 묶지도 않고 프루스트의 표현을 간접적으로 인용한다.

특히 마지막 부분의 경우 프루스트 전공자가 아니라면, 그것이 프루스트의 단어나 문장이 아니라 당연히 베케트의 표현이라고 여기게 된다. 이 점에 대해 두 가지로 생각해볼 수 있다. 하나는 프루스트의 베케트화로, 베케트가 원작가 프루스트의 생각에 동의함을 증명한다고 생각할 수 있다. 둘째는, 베케트가 프루스트의 소설을 읽으며 인상적인 표현 등을 기억해 두었으나 그 부분이 어디인지, 베케트가 그토록 혐오한 N. R. F.의 방대한 열여섯 권짜리 판본을 다시 읽으며 찾을 엄두를 못 냈거나, 찾으려 했어도 발견하지 못한 경우라고 생각할 수 있다.

베케트는 서문에 "[프루스트] 본문 번역은 내가 했다"라고 밝힌다. 하지만 정작 글에서 프루스트 소설을 인용하는 경우, 드물게 출처를 밝힐 때도 있지만, 대부분 그저 큰따옴표를 통해 인용문임을 알릴 뿐 출처를 명확하게 밝히는 경우는 거의 없다. 따라서 자신이 순서를 바꾸어 인용한 것인지, 긴 원문을 간략하게 요약해 인용한 것인지, 아니면 두 곳에서 각기 발췌해 한꺼번에 인용한 것인지는 물론 밝히지 않고 있다. 이를 두고 '표절'이라고 비난하는 것은 앞서 살펴봤듯이 이 책이 학술적인 목적을 띠지 않는 이상 무의미한 일이라 생각된다. 그보다 더 생산적인 해석은 베케트가 읽고 소개하는 프루스트의 작품은 더 이상 프루스트의 것이 아니라 베케트의 시선이 입혀지고 그의 문체로 탈바꿈한, 베케트화 된 프루스트라는 점이다.

작가와 이름이 같은 주인공 마르셀은 긴 여정을 통해 『잃어버린 시간을 찾아서』 마지막 장면에서 소설가로서의 소명을 재발견했지만, 베케트가 『프루스트』를 집필한 후 같은 종류의 발견을 했다고 단언할 수는 없다. 대신 그는 짧지만 함축적인 『프루스트』 이후, 자신이 무엇이 될 수 없는지를 발견한다. 베케트는 자신의 책이 출간되고 일주일 만에, 책을 다시 읽고 나서 맥그리비에게 보낸 편지에서 "저는 교수가 되고 싶지 않습니다"라는 결정을 전한다.

『프루스트』가 출간된 그해, 베케트는 모교인 트리니티 대학교에서 1년 남짓 프랑스어를 가르친다. 하지만 그때의 경험은 결코 유쾌하지 않았다. 베케트가 가르치는 데 어려움을 느낀 만큼 학생들 또한 베케트에게 불만이 많았던 듯하다. 베케트가 첫 학기를 보낸 후, 학보에 그를 신랄하게 비꼬는 기사가 등장한다. 그 기사에서 한 학생 기자가 "S. B-CK-TT에게, 나는 그가 그의 설명을 설명하기를 바란다"고 호소한 것이다. 결국 트리니티 대학교에서 교편을 잡은 지 1년 남짓해, 그는 사표를 제출한다.

학교를 떠나기 전, 베케트는 과연 창조하는 작가로서의 기질을 유감없이 발휘한다. 그는 트리니티 대학교의 '현대 언어 연구회' 학생들 앞에서 알려지지 않은 프랑스 시인 장 뒤 샤(Jean du Chas)의 미공개 시 가운데 '집중주의(Le Concentrisme)'라는 글을 읽는다. 장 뒤 샤는 베케트가 만들어낸 허구의 인물로 그의 글 또한 물론 베케트가 지어낸 것이다. 창조적 글쓰기보다는 학술적 논문과 평론에 국한된 대학 내에서, 베케트는 교수자로서, 그리고 비평가로서는 실패했을지 몰라도, 그 틀 안에서 창조하고자 하는 자신의 주체할 수 없는 욕망을 어떤 형태로든 표현할 수밖에 없었던 듯하다.

베케트는 프루스트의 소설을 읽고 그에 대한 평론을 쓰면서 적어도 자신이 무엇이 아닌지는 발견하게 된다. 아직 작가에 대한 소명을 깨닫지는 못했더라도, 베케트는 자신이 '비평가', '교수자'와는 체질적으로 맞지 않음을 깨닫는다. 학술적인 논문과 연구서를 쓰기에 그의 영혼은 지나치게 자유로웠다. 그가 프루스트에 대해 작가로서 처한 조건과 한계에 대해 이야기하는 부분은 그 글을 쓰는 베케트에게도 적용된다.

> 그가 쓸 책은 이미 머릿속에서 형태를 갖춘다. 그는 여러 결함을 안고 있는 문학적 규범들이 작가로 하여금 타협하도록 강요함을 인식한다. 작가로서 그는 원인과 결과로부터 완전히 자유롭지 못하다. 가령 주체적 욕망의 빛나는 투영은 이를 우스꽝스러운 모양새로 표현해 중지(왜곡)시켜야 할 필요가 있게 된다. (…) 그는 어쩔 수 없이 문학적 기하학의 신성한 자와 컴퍼스를 수용한다. 하지만 그는 공간적 척도로까지 그 자신을 굴복시키지는 않을 것이며, (…)

여기서 베케트가 말하는 "그"는 프루스트이지만, 이 글을 읽으며 우리는 "그"가 베케트 자신을 지칭한다고 여기게 된다. 베케트도 프루스트 작품에 관한 글을 쓰면서 여러 가지 "타협"을 해야 하는 위치에 놓이지만, 그는 통상적으로 학술적 비평이 의례히 따라야 하는 "문학적 규범들"로부터 벗어나 전례 없이 자유로운 형식과 내용을 담은 그만의 비평을 펼친다. 베케트는 『프루스트』로 비의도적 기억의 메커니즘을 통해 작가로서의 소명을 재발견하는 마르셀의 긴 여정을 현대 소설로 탄생시킨 프루스트에게 작별을 고하고, 대학 강단에 등을 돌린 채, "이름 붙일 수 없는 것"에 이름을 붙임으로써 언어의 새로운 체계를 구축한 세계의 서막을 열었다.

유예진

1. 이 글은 옮긴이의 논문 「베케트와 프루스트: 베케트의 초기 평론 『프루스트』를 중심으로」(『불어불문학연구』, 101집, 한국불어불문학회, 2015, 127–52면)를 수정, 보완한 것이다.

2. 존 플레처(John Fletcher), 「베케트와 프루스트(Beckett et Proust)」, 『캘리번(Caliban)』, 1호, 1964, 98면; 뤼크 프레스(Luc Fraisse), 「베케트의 프루스트: 중재적 충실, 참조적 불충(Le Proust de Beckett: Fidélité médiatrice, infidélité créatrice)」, 『사뮈엘 베케트 투데이/오주르뒤(Samuel Beckett Today /Aujourd'hui)』, 6호, 브릴(Brill), 1997, 367면.

3. 『잃어버린 시간을 찾아서』는 프루스트가 13년에 걸쳐 집필한 방대한 소설로, 총 일곱 권으로 구성되어 있다. 각 권에 해당하는 제목은 다음과 같다. 1권 『스완네 집 쪽으로』, 2권 『꽃핀 소녀들의 그늘에서』, 3권 『게르망트 쪽』, 4권 『소돔과 고모라』, 5권 『갇힌 여인』, 6권 『사라진 알베르틴』, 7권 『되찾은 시간』.

4. 베케트가 맥그리비에게 보낸 1930년 일자 미상 편지. 존 필링(John Pilling), 『고도 이전의 베케트(Beckett before Godot)』, 케임브리지 대학교 출판부(Cambridge University Press), 1997, 35면에서 재인용.

5. 베케트가 맥그리비에게 보낸 1930년 3월 11일 자 편지. 같은 책, 36면에서 재인용.

6. 프루스트, 『생트뵈브에 반박하여(Contre Sainte-Beuve)』, 플레이아드 총서(Bibliothèque de la Pléiade), 갈리마르 출판사(Éditions Gallimard), 1971, 543면.

7. 제임스 애치슨(James Acheson), 『사뮈엘 베케트의 예술 이론과 실제(Samuel Beckett's Artistic Theory and Practice)』, 맥밀런 출판사(MacMillan Press), 1997, 210면.

8. 젤테르는 독일 동북부 발트 해 기슭 프로이센의 한 마을이었는데, 이곳에서 나는 광천수가 유명했다.

작가 연보*

1906년 — 4월 13일 성금요일, 아일랜드 더블린 남쪽 마을 폭스록의 집 '쿨드리나(Cooldrinagh)'에서 신교도인 건축 측량사 윌리엄(William)과 그 아내 메이(May)의 둘째 아들 새뮤얼 바클레이 베킷(Samuel Barclay Beckett) 출생. 형 프랭크 에드워드(Frank Edward)와는 네 살 터울이었다.

1911–4년 — 더블린의 러퍼드스타운에서 독일인 얼스너(Elsner) 자매의 유치원에 다닌다.

1915년 — 얼스포트 학교에 입학해 프랑스어를 배운다.

1920–2년 — 포토라 왕립 학교에 다닌다. 수영, 크리켓, 테니스 등 운동에 재능을 보인다.

1923년 — 10월 1일, 더블린의 트리니티 대학교에 입학한다. 1927년 졸업할 때까지 아서 애스턴 루스(Arthur Aston Luce)에게서 버클리와 데카르트의 철학을, 토머스 러드모즈브라운(Thomas Rudmose-Brown)에게 프랑스 문학을, 비앙카 에스포지토(Bianca Esposito)에게 이탈리아문학을 배우며 단테에 심취하게 된다. 연극에 경도되어 더블린의 아베이극장과 런던의 퀸스 극장을 드나든다.

1926년 — 8–9월, 프랑스를 처음 방문한다. 이해 말 트리니티 대학교에 강사 자격으로 와 있던 작가 알프레드 페롱(Alfred Péron)을 알게 된다.

---

* 이 연보는 베케트 연구자이자 번역가인 에디트 푸르니에(Edith Fournier)가 정리한 연보(파리, 미뉘, leseditionsdeminuit.fr/auteur-Beckett_Samuel-1377-1-1-0-1.html)와 런던 페이버 앤드 페이버의 베케트 선집에 실린 커샌드라 넬슨(Cassandra Nelson)이 정리한 연보, C. J. 애컬리(C. J. Ackerley)와 S. E. 곤타스키(S. E. Gontarski)가 함께 쓴 『그로브판 사뮈엘 베케트 안내서(The Grove Companion to Samuel Beckett)』(뉴욕, 그로브, 1996), 마리클로드 위베르(Marie-Claude Hubert)가 엮은 『베케트 사전(Dictionnaire Beckett)』(파리, 오노레 샹피옹[Honoré Champion], 2011), 제임스 놀슨(James Knowlson)의 베케트 전기 『명성을 누리도록 저주받은 삶: 사뮈엘 베케트의 생애(Damned to Fame: The Life of Samuel Beckett)』(뉴욕, 그로브, 1996), 『사뮈엘 베케트의 편지(The Letters of Samuel Beckett)』 1–3권(케임브리지, 케임브리지 대학교 출판부[Cambridge University Press], 2009–14) 등을 참조해 작성되었다.

베케트 작품명과 관련해, 영어로 출간되었거나 공연되었을 경우 영어 제목을, 프랑스어였을 경우 프랑스어 제목을, 독일어였을 경우 독일어 제목을 병기했다. 각 작품명 번역은 되도록 통일하되 저자나 번역가가 의도적으로 다르게 옮겼다고 판단될 경우 한국어로도 다르게 옮겼다. — 편집자

1927년 — 4–8월, 이탈리아의 피렌체와 베네치아를 여행하며 여러 미술관과 성당을 방문한다. 12월 8일, 문학사 학위를 취득한다(프랑스어·이탈리아어, 수석 졸업).

1928년 — 1–6월, 벨파스트의 캠벨 대학교에서 프랑스어와 영어를 가르친다. 11월 1일, 파리의 고등 사범학교 영어 강사로 부임한다(2년 계약). 여기서 다시 알프레드 페롱을, 그리고 전임자인 아일랜드 시인 토머스 맥그리비(Thomas MacGreevy)를 만나게 된다. 맥그리비는 파리에 머물던 아일랜드 작가이자 베케트에게 큰 영향을 미치게 되는 제임스 조이스(James Joyce)를, 또한 파리의 영어권 비평가와 출판업자들, 즉 문예지 『트랜지션(transition)』을 이끌던 마리아(Maria)와 유진 졸라스(Eugene Jolas), 파리의 영어 서점 셰익스피어 앤드 컴퍼니(Shakespeare and Company) 운영자 실비아 비치(Sylvia Beach) 등을 소개해 준다.

1929년 — 3월 23일, 전해 12월 조이스가 제안해 쓰게 된 베케트의 첫 비평문 「단테… 브루노. 비코··조이스(Dante...Bruno. Vico..Joyce)」를 완성한다. 이 비평문은 『'진행 중인 작품'을 진행시키기 위하여 그가 실행한 일에 대한 우리의 '과장된' 검토(Our Exagmination Round his Factification for Incamination of Work in Progress)』(파리, 셰익스피어 앤드 컴퍼니, 1929)의 첫 글로 실린다. 6월, 첫 비평문 「단테… 브루노. 비코··조이스」와 첫 단편 「승천(Assumption)」이 『트랜지션』에 실린다. 12월, 조이스가 훗날 『피네건의 경야(Finnegans Wake)』에 포함될, 『트랜지션』의 '진행 중인 작품' 섹션에 연재되던 글 「애나 리비아 플루라벨(Anna Livia Plurabelle)」의 프랑스어 번역 작업을 제안한다. 베케트는 알프레드 페롱과 함께 이 글을 옮기기 시작한다. 이해에 여섯 살 연상의 피아니스트이자 문학과 연극을 애호했던, 1961년 그와 결혼하게 되는 쉬잔 데슈보뒤메닐(Suzanne Dechevaux-Dumesnil)을 테니스 클럽에서 처음 만난다.

1930년 — 3월, 시 「훗날을 위해(For Future Reference)」가 『트랜지션』에 실린다. 7월, 첫 시집 『호로스코프(Whoroscope)』가 낸시 커나드(Nancy Cunard)가 이끄는 파리의 디 아워즈 출판사(The Hours Press)에서 출간된다(책에 실린 동명의 장시는 출판사가 주최한 시문학상에 마감일인 6월 15일 응모해 다음 날 1등으로 선정된 것이었다). 맥그리비 등의 주선으로 마르셀 프루스트(Marcel Proust)에 관한 에세이 청탁을 받아들이고, 8월 25일 쓰기 시작해 9월 17일 런던의 출판사 채토 앤드 윈더스(Chatto and Windus)에 원고를 전달한다. 10월 1일, 트리니티 대학교 프랑스어 강사로 부임한다(2년 계약). 11월 중순, 트리니티 대학교의 현대 언어 연구회에서 장 뒤 샤(Jean du Chas)라는 이명으로 '집중주의(Le Concentrisme)'에 대한 글을 발표한다.

1931년 — 3월 5일, 채토 앤드 윈더스의 '돌핀 북스(Dolphin Books)' 시리즈에서 『프루스트(Proust)』가 출간된다. 5월 말, (첫 장편소설의 일부가 될) 「독일 코미디(German Comedy)」를 쓰기 시작한다. 9월에 시 「알바(Alba)」가 『더블린 매거진(Dublin Magazine)』에 실린다. 시 네 편이 『더 유러피언 캐러밴(The European Caravan)』에 게재된다. 12월 8일, 문학 석사 학위를 취득한다.

1932년 — 트리니티 대학교 강사직을 사임한다. 2월, 파리로 간다. 3월, 『트랜지션』에 공동 선언문 「시는 수직이다(Poetry is Vertical)」와 (첫 장편소설의 일부가 될) 단편 「앉아 있는 것과 조용히 하는 것(Sedendo et Quiescendo)」을 발표한다. 4월, 시 「텍스트(Text)」가 『더 뉴 리뷰(The New Review)』에 실린다. 7–8월, 런던을 방문해 몇몇 출판사에 첫 장편소설 『그저 그런 여인들에 대한 꿈(Dream of Fair to Middling Women)』(사후 출간)과 시들의 출간 가능성을 타진하지만 거절당하고, 8월 말 더블린으로 돌아간다. 12월, 단편 「단테와 바닷가재(Dante and the Lobster)」가 파리의 『디스 쿼터(This Quarter)』에 게재된다(이 단편은 1934년 첫 단편집의 첫 작품으로 실린다).

1933년 — 2월, 이듬해 출간될 흑인문학 선집 번역 완료. 강단에 다시 서지 않기로 결심한다. 6월 26일, 아버지 윌리엄이 심장마비로 사망한다. 9월, 첫 단편집에 실릴 작품 10편을 정리해 채토 앤드 윈더스에 보낸다.

1934년 — 1월, 런던으로 이사한다. 런던 태비스톡 클리닉의 윌프레드 루프레히트 비온(Wilfred Ruprecht Bion)에게 정신분석을 받기 시작한다. 2월 15일, 시 「집으로 가지, 올가(Home Olga)」가 『컨템포(Contempo)』에 실린다. 2월 16일, 낸시 커나드가 편집하고 베케트가 프랑스어 작품 19편을 영어로 번역한 『흑인문학: 낸시 커나드가 엮은 선집 1931–3(Negro: Anthology made by Nancy Cunard 1931–1933)』이 런던의 위샤트(Wishart & Co.)에서 출간된다. 5월 24일, 첫 단편집 『발길질보다 따끔함(More Pricks Than Kicks)』이 채토 앤드 윈더스에서 출간된다. 7월, 시 「금언(Gnome)」이 『더블린 매거진』에 실린다. 8월, 단편 「천 번에 한 번(A Case in a Thousand)」이 『더 북맨(The Bookman)』에 실린다.

1935년 — 7월 말, 어머니와 함께 영국을 여행한다. 8월 20일, 장편소설 『머피(Murphy)』를 영어로 쓰기 시작한다. 10월, 태비스톡 인스티튜트에서 열린 융의 세 번째 강의에 윌프레드 비온과 함께 참석한다. 12월, 영어 시 13편이 수록된 시집 『에코의 뼈들 그리고 다른 침전물들(Echo's Bones and Other Precipitates)』이 파리의 유로파 출판사(Europa Press)에서 출간된다. 더블린으로 돌아간다.

1936년 — 6월, 『머피』 탈고. 9월 말 독일로 떠나 그곳에서 7개월간 머문다. 10월, 시 「카스칸도(Cascando)」가 『더블린 매거진』에 실린다.

1937년 — 4월, 더블린으로 돌아온다. 새뮤얼 존슨(Samuel Johnson)과 그 가족을 다룬 영어 희곡 「인간의 소망들(Human Wishes)」을 쓰기 시작한다. 10월 중순, 더블린을 떠나 파리에 정착해 우선 몽파르나스 근처 호텔에 머문다.

1938년 — 1월 6일, 몽파르나스에서 한 포주에게 이유 없이 칼로 가슴을 찔려 병원에 입원한다. 쉬잔 데슈보뒤메닐이 그를 방문하고, 이들은 곧 연인이 된다. 3월 7일, 『머피』가 런던의 라우틀리지 앤드 선스(Routledge and Sons)에서 장편소설로는 처음 출간된다. 4월 초, 프랑스어로 시를 쓰기 시작하고, 이달 중순부터 파리 15구의 파보리트 가 6번지 아파트에 살기 시작한다. 5월, 시 「판돈(Ooftish)」이 『트랜지션』에 실린다.

1939년 — 알프레드 페롱과 함께 『머피』를 프랑스어로 번역한다. 7–8월, 더블린에 잠시 돌아가 어머니를 만난다. 9월 3일, 영국과 프랑스가 독일과의 전쟁을 선언하자 이튿날 파리로 돌아온다.

1940년 — 6월, 프랑스가 독일에 함락되자 쉬잔과 함께 제임스 조이스의 가족이 머물고 있던 비시로 떠난다. 이어 툴루즈, 카오르, 아르카숑으로 이동한다. 아르카숑에서 뒤샹을 만나 체스를 두거나 『머피』를 번역하며 지낸다. 9월, 파리로 돌아온다. 페롱을 만나 다시 함께 『머피』를 프랑스어로 옮기는 한편, 이듬해 그가 속해 있던 레지스탕스 조직에 합류한다.

1941년 — 1월 13일, 제임스 조이스가 취리히에서 사망한다. 2월 11일, 소설 『와트(Watt)』를 영어로 쓰기 시작한다. 9월 1일, 레지스탕스 조직 글로리아 SMH에 가담해 각종 정보를 영어로 번역한다.

1942년 — 8월 16일, 페롱이 체포되자 게슈타포를 피해 쉬잔과 함께 떠난다. 9월 4일, 방브에 도착한다. 10월 6일, 프랑스 남부 보클뤼즈의 루시용에 도착한다. 『와트』를 계속 집필한다.

1944년 — 8월 25일, 파리 해방. 10월 12일, 파리로 돌아온다. 12월 28일, 『와트』를 완성.

1945년 — 1월, M. A. I. 갤러리와 마그 갤러리에서 각기 열린 네덜란드 화가 판 펠더(van Velde) 형제의 전시회를 계기로 비평 「판 펠더 형제의 회화 혹은 세계와 바지(La Peinture des van Velde ou Le Monde et le pantalon)」를 쓴다. 3월 30일, 무공훈장을 받는다. 4월 30일 혹은 5월 1일 페롱이 사망한다. 6월 9일, 시 「디에프 193?(Dieppe 193?)」[sic]이 『디 아이리시 타임스(The Irish Times)』에 실린다. 8–12월, 아일랜드 적십자사가 세운 노르망디의 생로 군인병원에서 창고관리인 겸 통역사로 자원해 일하며 글을 쓴다. 다시 파리로 돌아온다.

1946년 — 1월, 시 「생로(Saint-Lô)」가 『디 아이리시 타임스』에 실린다. 첫 프랑스어 단편 「계속(Suite)」(제목은 훗날 '끝[La Fin]'으로 바뀜)이 『레 탕 모데른(Les Temps modernes)』 7월 호에 실린다. 7–10월, 첫 프랑스어 장편소설 『메르시에와 카미에(Mercier et Camier)』를 쓴다. 10월, 전해에 쓴 판 펠더 형제 관련 비평이 『카이에 다르(Cahiers d'Art)』에 실린다. 11월, 전쟁 전에 쓴 열두 편의 시 「시 38–39(Poèmes 38–39)」가 『레 탕 모데른』에 실린다. 10월에 단편 「추방된 자(L'Expulsé)」를, 10월 28일부터 11월 12일까지 단편 「첫사랑(Premier amour)」을, 12월 23일부터 단편 「진정제(Le Calmant)」를 프랑스어로 쓴다.

1947년 — 1–2월, 첫 프랑스어 희곡 「엘레우테리아(Eleutheria)」를 쓴다(사후 출간). 4월, 『머피』의 첫 번째 프랑스어판이 파리의 보르다스(Bordas)에서 출간된다. 5월 2일부터 11월 1일까지 『몰로이(Molloy)』를 프랑스어로 쓴다. 11월 27일부터 이듬해 5월 30일까지 『말론 죽다(Malone meurt)』를 프랑스어로 쓴다.

1948년 — 예술비평가 조르주 뒤튀(Georges Duthuit)가 주선해 주는 번역 작업에 힘쓴다. 3월 8–27일 뉴욕의 쿠츠 갤러리에서 열린 판 펠더 형제의 전시 초청장에 실릴 글을 쓴다. 5월, 판 펠더 형제에 대한 글 「장애의 화가들(Peintres de l'empêchement)」이 마그 갤러리에서 발행하던 미술 평론지 『데리에르 르 미르와르(Derrière le Miroir)』에 실린다. 6월, 「세 편의 시들(Three Poems)」이 『트랜지션』에 실린다. 10월 9일부터 이듬해 1월 29일까지 희곡 「고도를 기다리며(En attendant Godot)」를 프랑스어로 쓴다.

1949년 — 3월 29일, 위시쉬르마른의 한 농장에서 『이름 붙일 수 없는 자(L'Innommable)』를 프랑스어로 쓰기 시작한다. 4월, 「세 편의 시들」이 『포이트리 아일랜드(Poetry Ireland)』에 실린다. 6월, 미술에 대해 뒤튀와 나눴던 대화 중 화가 피에르 탈코트(Pierre Tal-Coat), 앙드레 마송(André Masson), 브람 판 펠더(Bram van Velde)에 관한 내용을 「세 편의 대화(Three Dialogues)」로 정리하기 시작한다. 12월, 「세 편의 대화」가 『트랜지션』에 실린다.

1950년 — 1월, 유네스코의 의뢰로 『멕시코 시 선집(Anthology of Mexican Poetry)』(옥타비오 파스[Octavio Paz] 엮음)을 번역하게 된다. 이달 『이름 붙일 수 없는 자』를 완성한다. 8월 25일, 어머니 메이 사망. 10월 중순, 프랑스 미뉘 출판사(Les Éditions de Minuit) 대표 제롬 랭동(Jérôme Lindon)이 쉬잔이 전한 『몰로이』의 원고를 읽고 이를 출간하기로 한다. 11월 중순, 미뉘와 『몰로이』, 『말론 죽다』, 『이름 붙일 수 없는 자』 등 세 편의 소설 출간 계약서를 교환한다. 12월 24일, 「아무것도 아닌 텍스트들(Textes pour rien)」 1편을 프랑스어로 쓴다.

1951년 — 3월 12일, 『몰로이』가 미뉘에서 출간된다. 11월, 『말론 죽다』가 미뉘에서 출간된다. 12월 20일, 「아무것도 아닌 텍스트들」을 총 13편으로 완성한다.

1952년 — 가을, 위시쉬르마른에 집을 짓기 시작한다. 베케트가 애호하는 집필 장소가 될 이 집은 이듬해 1월 완공된다. 10월 17일, 『고도를 기다리며』가 미뉘에서 출간된다.

1953년 — 1월 5일, 「고도를 기다리며」가 파리 몽파르나스 라스파유 가의 바빌론 극장에서 초연된다(로제 블랭[Roger Blin] 연출, 피에르 라투르[Pierre Latour], 루시앵 랭부르[Lucien Raimbourg], 장 마르탱[Jean Martin], 로제 블랭 출연). 5월 20일, 『이름 붙일 수 없는 자』가 미뉘에서 출간된다. 7월 말, 패트릭 바울즈(Patrick Bowles)와 함께 『몰로이』를 영어로 옮기기 시작한다. 8월 31일, 『와트』 영어판이 파리의 올랭피아 출판사(Olympia Press)에서 출간된다. 9월 8일, 「고도를 기다리며(Warten auf Godot)」가 베를린 슈로스파크 극장에서 공연된다. 9월 25일, 「고도를 기다리며」가 파리 바빌론 극장에서 다시 공연된다. 10월 말, 다니엘 마우로크(Daniel Mauroc)와 함께 『와트』를 프랑스어로 옮기기 시작한다. 11월 16일부터 12월 12일까지 바빌론 극장이 제작한 「고도를 기다리며」가 순회 공연된다(독일, 이탈리아, 프랑스). 한편 「고도를 기다리며」의 영어 판권 문의가 쇄도하자 베케트는 이를 직접 영어로 옮기기 시작한다.

1954년 — 1월, 미뉘의 『메르시에와 카미에』 출간 제안을 거절한다. 6월, 『머피』의 두 번째 프랑스어판이 미뉘에서 출간된다. 7월, 『말론 죽다』를 영어로 옮기기 시작한다. 8월 말, 『고도를 기다리며(Waiting for Godot)』 영어판이 뉴욕의 그로브 출판사(Grove Press)에서 출간된다. 9월 13일, 형 프랭크가 폐암으로 사망한다. 10월 15일, 『와트』가 아일랜드에서 발매 금지된다. 이해에 희곡 「마지막 승부(Fin de Partie)」를 프랑스어로 쓰기 시작해 1956년에 완성하게 된다. 이해 또는 이듬해에 「포기한 작업으로부터(From an Abandoned Work)」를 영어로 쓴다.

1955년 — 3월, 『몰로이』 영어판이 파리의 올랭피아에서 출간된다. 8월, 『몰로이』 영어판이 뉴욕의 그로브에서 출간된다. 8월 3일, 「고도를 기다리며」의 첫 영어 공연이 런던의 아츠 시어터 클럽에서 열린다(피터 홀[Peter Hall] 연출). 8월 18일, 『말론 죽다』 영어 번역을 마치고, 발레 댄서이자 안무가, 배우였던 친구 데릭 멘델(Deryk Mendel)을 위해 「무언극 I(Acte sans paroles I)」을 쓴다. 9월 12일, 「고도를 기다리며」가 런던의 크라이테리언 극장에서 공연된다. 10월 28일, 「고도를 기다리며」가 더블린의 파이크 극장에서 공연된다. 11월 15일, 「추방된 자」, 「진정제」, 「끝」 등 단편 세 편과 13편의 「아무것도 아닌 텍스트들」이 포함된 『단편들 그리고 아무것도 아닌 텍스트들(Nouvelles et textes pour rien)』이 미뉘에서 출간된다. 12월 8일, 런던에서 열린 「고도를 기다리며」 100회 기념 공연에 참석한다.

1956년 — 1월 3일, 「고도를 기다리며」가 미국 마이애미의 코코넛 그로브 극장에서 공연된다(앨런 슈나이더[Alan Schneider] 연출). 1월 13일, 『몰로이』가 아일랜드에서 발매 금지된다. 2월 10일, 『고도를 기다리며』가 런던의 페이버 앤드 페이버(Faber and Faber)에서 출간된다. 2월 27일, 『이름 붙일 수 없는 자』를 영어로 옮기기 시작한다. 4월 19일, 「고도를 기다리며」가 뉴욕의 존 골든 극장에서 공연된다(허버트 버고프[Herbert Berghof] 연출). 6월, 「포기한 작업으로부터」가 더블린 주간지 『트리니티 뉴스(Trinity News)』에 실린다. 6월 14일부터 9월 23일까지 「고도를 기다리며」가 파리의 에베르토 극장에서 공연된다. 7월, BBC의 요청으로 첫 라디오극 「넘어지는 모든 자들(All That Fall)」을 영어로 쓰기 시작해 9월 말 완성한다. 10월, 『말론 죽다(Malone Dies)』 영어판이 그로브에서 출간된다. 12월, 희곡 「으스름(The Gloaming)」(제목은 훗날 '연극용 초안 I[Rough for Theatre I]'로 바뀜)을 쓰기 시작한다.

1957년 — 1월 13일, 「넘어지는 모든 자들」이 BBC 3프로그램에서 처음 방송된다. 1월 말 또는 2월 초, 『마지막 승부 / 무언극(Fin de partie *suivi de* Acte sans paroles)』이 미뉘에서 출간된다. 3월 15일, 『머피』가 그로브에서 출간된다. 4월 3일, 「마지막 승부」가 런던의 로열코트극장에서 프랑스어로 공연되고(로제 블랭 연출, 장 마르탱 주연), 이달 26일 파리의 스튜디오 데 샹젤리제 무대에도 오른다. 베케트는 8월 중순까지 이 작품을 영어로 옮긴다. 8월 24일, 데릭 멘델을 위해 두 번째 『무언극 II(Acte sans paroles II)』를 완성한다. 8월 30일, 『넘어지는 모든 자들』이 페이버에서 출간된다. 로베르 팽제(Robert Pinget)가 베케트와 협업해 프랑스어로 옮긴 「넘어지는 모든 자들(Tous ceux qui tombent)」이 파리의 문학잡지 『레 레트르 누벨(Les Lettres nouvelles)』에 실린다. 「포기한 작업으로부터」가 이해 창간된 뉴욕 그로브 출판사의 문학잡지 『에버그린 리뷰(Evergreen Review)』 1권 3호에 실린다. 10월 말, 『넘어지는 모든 자들』이 미뉘에서 출간된다. 12월 14일, 「포기한 작업으로부터」가 BBC 3프로그램에서 방송된다(패트릭 머기[Patrick Magee] 낭독).

1958년 — 1월 28일, 「마지막 승부」의 영어 버전인 「마지막 승부(Endgame)」 공연이 뉴욕의 체리 레인 극장에서 초연된다(앨런 슈나이더 연출). 2월 23일, 『이름 붙일 수 없는 자』의 영어 번역 초안을 완성한다. 3월 6일, 「마지막 승부(Endspiel)」가 빈의 플라이슈마르크트 극장에서 공연된다(로제 블랭 연출). 3월 7일, 『말론 죽다』 영어판이 런던의 존 칼더(John Calder)에서 출간된다. 3월 17일, 희곡 「크래프의 마지막 테이프(Krapp's Last Tape)」를 영어로 완성한다. 4월 25일, 『마지막 승부 / 무언극 I(Endgame, followed by Act Without Words I)』 영어판이 페이버에서 출간된다. 이해에 『포기한 작업으로부터』도 페이버에서 출간된다. 7월, 희곡 「크래프의 마지막 테이프」가 『에버그린 리뷰』에 실린다. 8월, 훗날 「연극용 초안 II[Rough for Theatre II]」가 되는 글을 쓴다. 9월 29일, 『이름 붙일 수 없는 자(The Unnamable)』 영어판이 그로브에서 출간된다. 10월 28일, 「크래프의 마지막 테이프」가 런던의 로열코트극장에서 초연된다(도널드 맥위니[Donald McWhinnie] 연출, 패트릭 머기 주연). 11월 1일, 「아무것도 아닌 텍스트들」 중 1편을 영어로 옮긴다. 12월, 1950년 옮겼던 『멕시코 시 선집』이 미국 블루밍턴의 인디애나 대학교 출판부(Indiana University Press)에서 출간된다. 12월 17일, 훗날 『그게 어떤지(Comment c'est)』의 일부가 되는 「핌(Pim)」을 쓰기 시작한다.

1959년 — 3월, 베케트와 피에르 레리스(Pierre Leyris)가 함께 「크래프의 마지막 테이프」를 프랑스어로 옮긴 「마지막 테이프(La Dernière bande)」가 『레 레트르 누벨』에 실린다. 6월 24일, 라디오극 「타다 남은 불씨들(Embers)」이 BBC 3프로그램에서 방송된다. 7월 2일, 트리니티 대학교에서 명예박사 학위를 받는다. 『몰로이』, 『말론 죽다』, 『이름 붙일 수 없는 자』가 한 권으로 묶여 10월에 파리의 올랭피아에서 『3부작(A Trilogy)』으로, 11월에 뉴욕의 그로브에서 『세 편의 소설(Three Novels)』로 출간된다. 11월, 「타다 남은 불씨들」이 『에버그린 리뷰』에 실린다. 같은 달 짧은 글 「영상(L'Image)」이 영국 문예지 『엑스(X)』에 실리고, 이후 이 글은 『그게 어떤지』로 발전한다. 12월 18일, 『크래프의 마지막 테이프 그리고 타다 남은 불씨들(Krapp's Last Tape and Embers)』이 페이버에서 출간된다. 팽제가 「타다 남은 불씨들」을 프랑스어로 옮긴 「타고 남은 재들(Cendres)」이 『레 레트르 누벨』에 실린다. 이해에 독일 비스바덴의 리메스 출판사(Limes Verlag)에서 베케트의 『시집(Gedichte)』이 출간된다.

1960년 — 1월, 『마지막 테이프/타고 남은 재들(La Dernière bande *suivi de* Cendres)』이 미뉘에서 출간된다. 1월 14일, 「크래프의 마지막 테이프」가 뉴욕의 프로방스타운 극장에서 공연된다(앨런 슈나이더 연출). 『그게 어떤지』 초고를 완성하고, 8월 초까지 퇴고한다. 3월 27일, 「마지막 테이프」가 파리의 레카미에 극장에서 공연된다(로제 블랭 연출, 르네자크 쇼파르[René-Jacques Chauffard] 주연). 3월 31일, 『세 편의 소설』이 존 칼더에서 출간된다. 4월 27일, 「고도를 기다리며」가 BBC 3프로그램에서 방송된다. 8월, 희곡 「행복한 날들(Happy Days)」을 영어로 쓰기 시작해 이듬해 1월 완성한다. 8월 23일, 로베르 팽제가 프랑스어로 쓴 라디오극 「크랭크(La Manivelle)」를 베케트가 영어로 번역한 「옛 노래(The Old Tune)」가 BBC 3프로그램에서 방송된다(바버라 브레이[Barbara Bray] 연출). 9월 말, 베케트의 번역 「옛 노래」가 함께 수록된 팽제의 『크랭크』가 미뉘에서 출간된다. 리처드 시버(Richard Seaver)와 함께 「추방된 자」를 영어로 옮긴다. 10월 말, 파리 14구 생자크 거리의 아파트로 이사한다. 이해에 『크래프의 마지막 테이프 그리고 다른 희곡들(Krapp's Last Tape, and Other Dramatic Pieces)』이 뉴욕 그로브에서 출간된다.

1961년 — 1월, 『그게 어떤지』가 미뉘에서 출간된다. 2월, 마르셀 미할로비치[Marcel Mihalovici]가 작곡한 가극 「크래프의 마지막 테이프」가 파리의 샤이요 극장과 독일의 빌레펠트에서 공연된다. 3월 25일, 영국 동남부 켄트의 포크스턴에서 쉬잔과 결혼한다. 파리로 돌아온 직후부터 6월 초까지 「행복한 날들」의 원고를 개작해 그로브에 송고한다. 4월 3일, 뉴욕의 WNTA TV에서 「고도를 기다리며」가 방송된다(앨런 슈나이더 연출). 5월 3일, 「고도를 기다리며」가 파리의 오데옹극장에서 공연된다. 5월 4일, 호르헤 루이스 보르헤스(Jorge Luis Borges)와 공동으로 국제 출판인상을 수상한다. 6월 26일, 「고도를 기다리며」가 BBC 텔레비전에서 방송된다(도널드 맥위니 연출). 7월 15일, 『그게 어떤지』를 영어로 옮기기 시작한다. 9월, 『행복한 날들』이 그로브에서 출간된다. 9월 17일, 「행복한 날들」이 뉴욕 체리 레인 극장에서 초연된다(앨런 슈나이더 연출). 11월 말, 라디오극 「말과 음악(Words and Music)」을 쓴다(존 베케트[John Beckett] 작곡). 12월, '음악과 목소리를 위한 라디오극' 「카스칸도(Cascando)」를 프랑스어로 처음 쓴다(마르셀 미할로비치 작곡). 『영어로 쓴 시(Poems in English)』가 칼더 앤드 보야즈(Calder and Boyars, 출판사 존 칼더가 1963년부터 1975년까지 사용했던 이름)에서 출간된다.

1962년 — 1월, 단편 「추방된 자(The Expelled)」의 영어 버전이 『에버그린 리뷰』에 실린다. 5월, 희곡 「연극(Play)」을 영어로 쓰기 시작해 7월에 완성한다. 5월 22일, 「마지막 승부」가 BBC 3프로그램에서 방송된다(앨런 깁슨[Alan Gibson] 연출). 6월 15일, 『행복한 날들』이 페이버에서 출간된다. 11월 1일, 「행복한 날들」이 런던 로열코트극장에서 공연된다. 11월 13일, 「말과 음악」이 BBC 3프로그램에서 방송된다. 「말과 음악」이 『에버그린 리뷰』에 실린다.

1963년 — 1월 25일, 「넘어지는 모든 자들」이 프랑스 텔레비전에서 방송된다. 2월, 『오 행복한 날들(Oh les beaux jours)』 프랑스어판이 미뉘에서 출간된다. 3월 20일, 『영어로 쓴 시(Poems in English)』가 그로브에서 출간된다. 4월 5–13일, 시나리오 「필름(Film)」을 쓴다. 6월 14일, 독일 울름에서 「연극」의 독일어 버전인 「유희(Spiel)」가 공연되고, 베케트는 공연 제작을 돕는다(데릭 멘델 연출). 7월 4일, 「아무것도 아닌 텍스트들」 13편을 영어로 옮기기 시작한다. 9월 말, 「오 행복한 날들」이 베네치아 연극 페스티벌에서 공연되고(로제 블랭 연출, 마들렌 르노[Madeleine Renaud], 장루이 바로[Jean-Louis Barrault] 주연), 이어 10월 말 파리 오데옹극장 무대에 오른다. 10월 13일, 「카스칸도」가 프랑스 퀼튀르에서 방송된다(로제 블랭 연출, 장 마르탱 목소리 출연). 이해 독일 프랑크푸르트의 주어캄프 출판사(Suhrkamp Verlag)에서 베케트의 『극작품(Dramatische Dichtungen)』 1권(총 3권)이 출간된다(「고도를 기다리며」, 「마지막 승부」, 「무언극 I」, 「무언극 II」, 「카스칸도」 등 수록).

1964년 — 1월 4일, 「연극」이 뉴욕의 체리 레인 극장에서 공연된다(앨런 슈나이더 연출). 2월 17일, 「마지막 승부」 영어 공연이 파리의 샹젤리제 스튜디오에서 열린다(잭 맥고런[Jack MacGowran] 연출, 패트릭 머기 주연). 3월, 『연극 그리고 두 편의 라디오 단막극(Play and Two Short Pieces for Radio)』이 페이버에서 출간된다(「연극」, 「카스칸도」, 「말과 음악」 수록). 4월 7일, 「연극」이 런던의 국립극장 올드빅에서 공연된다. 4월 30일, 『그게 어떤지(How it is)』 영어판이 런던의 칼더 앤드 보야즈에서 출간된다. 6월, 「연극」을 프랑스어로 옮긴 「코메디(Comédie)」가 『레 레트르 누벨』에 게재된다. 6월 11일, 「코메디」가 파리 루브르박물관의 마르상 관에서 초연된다(장마리 세로[Jean-Marie Serreau] 연출). 7월 9일, 로열셰익스피어극단이 제작한 「마지막 승부」가 런던의 알드위치 극장에서 공연된다. 7월 10일부터 8월 초까지 뉴욕에서 「필름」 제작을 돕는다(앨런 슈나이더 감독, 버스터 키턴[Buster Keaton] 주연). 8월 말, 훗날 「잘못된 출발들(Faux départs)」이 될 글을 쓰기 시작한다. 10월 6일, 「카스칸도」가 BBC 3프로그램에서 방송된다. 12월 30일, 「고도를 기다리며」가 런던의 로열코트극장에서 공연된다(앤서니 페이지[Anthony Page] 연출).

1965년 — 1월, 희곡 「왔다 갔다(Come and Go)」를 영어로 쓴다. 3월 21일, 「왔다 갔다」의 프랑스어 번역을 마친다. 4월 13일부터 5월 1일까지 첫 텔레비전용 스크립트 「어이 조(Eh Joe)」를 영어로 쓴다. 5월 6일, 『고도를 기다리며』 무삭제판이 페이버에서 출간된다. 7월 3일, 「어이 조」의 프랑스어 번역을 마친다. 7월 4–8일, 봄에 프랑스어로 쓴 단편 「죽은 상상력 상상해 보라(Imagination morte imaginez)」를 영어로 옮긴다. 프랑스어로 쓴 「죽은 상상력 상상해 보라」는 『레 레트르 누벨』에 게재되고 미뉘에서 출간된다. 영어로 번역된 「죽은 상상력 상상해 보라(Imagination Dead Imagine)」는 런던의 『더 선데이 타임스(The Sunday Times)』에 실리고 칼더 앤드 보야즈에서 출간된다. 8월 8–14일, 「말과 음악」을 프랑스어로 옮긴다. 9월 4일, 「필름」이 베네치아 국제영화제에서 상영되고, 젊은 비평가상을 수상한다. 이날 단편 「충분히(Assez)」를 프랑스어로 쓰기 시작한다. 10월 18일, 로베르 팽제의 「가설(L'Hypothèse)」이 파리 근대 미술관에서 공연된다(베케트와 피에르 샤베르[Pierre Chabert] 공동 연출). 11월, 「소멸자(Le Dépeupleur)」를 프랑스어로 쓰기 시작한다.

1966년 — 1월, 『코메디 및 기타 극작품(Comédie et Actes divers)』이 미뉘에서 출간된다(「코메디」, 「왔다 갔다[Va-et-vient]」, 「카스칸도」, 「말과 음악[Paroles et musique]」, 「어이 조[Dis Joe]」, 「무언극 II」 수록). 2월 28일, 「왔다 갔다」와 팽제의 「가설」(베케트 연출)이 파리 오데옹극장에서 공연된다. 4월 13일, 베케트의 60회 생일을 기념해 「어이 조(He Joe)」가 독일 국영방송 SDR(남부독일방송)에서 처음 방송된다(베케트 연출). 7월 4일, 「어이 조」가 BBC 2프로그램에서 방송된다. 7–8월, 「쿵(Bing)」을 프랑스어로 쓴다. 『충분히』, 『쿵』이 미뉘에서 출간된다. 11–12월 초, 「아무것도 아닌 텍스트들」을 영어로 옮긴다.

1967년 — 녹내장 진단을 받는다. 뤼도빅(Ludovic)과 아네스 장비에(Agnès Janvier), 베케트가 함께 옮긴 『포기한 작업으로부터(D'un ouvrage abandonné)』가 미뉘에서 출간된다. 단편집 『죽은-머리들(Têtes-mortes)』이 미뉘에서 출간된다(「충분히」, 「죽은 상상력 상상해 보라」, 「쿵」 수록). 6월, 『어이 조 그리고 다른 글들(Eh Joe and Other Writings)』이 페이버에서 출간된다. 7월, 『왔다 갔다』가 칼더 앤드 보야즈에서 출간된다(「어이 조」, 「무언극 II[Act Without Words II]」, 「필름」 수록). 『카스칸도 그리고 다른 단막극들(Cascando and Other Short Dramatic Pieces)』이 그로브에서 출간된다(「카스칸도」, 「말과 음악」, 「어이 조」, 「연극」, 「왔다 갔다」, 「필름」 수록). 8월 중순부터 9월 말까지 베를린에 머물며 실러 극장 무대에 오를 「마지막 승부(Endspiel)」 연출을 준비하고, 9월 26일 공연한다. 11월, 베케트가 1945년부터 1966년까지 쓴 단편들을 묶은 『아니요의 칼(No's Knife)』이 칼더 앤드 보야즈에서 출간된다. 12월, 『단편들 그리고 아무것도 아닌 텍스트들(Stories and Texts for Nothing)』이 그로브에서 출간된다. 이해에 토머스 맥그리비가 사망한다.

1968년 — 3월, 프랑스어로 쓴 시들을 엮은 『시집(Poèmes)』이 미뉘에서 출간된다. 5월, 폐에서 종기가 발견되어 술과 담배를 끊는 등 여름 내내 치유에 힘쓴다. 「소멸자」의 일부인 『출구(L'Issue)』가 파리의 조르주 비자(Georges Visat)에서 출간된다. 12월, 뤼도빅과 아녜스 장비에, 베케트가 함께 옮긴 『와트』가 미뉘에서 출간된다. 이달 초부터 이듬해 3월 초까지 포르투갈에 머물며 휴식을 취한다. 이해에 희곡 「숨소리(Breath)」를 영어로 쓴다.

1969년 — 「없는(Sans)」을 프랑스어로 쓴다. 6월 16일, 뉴욕의 에덴 극장에서 「숨소리」가 공연된다. 8월 말, 10월 5일 실러 극장에서 직접 연출해 선보일 「크래프의 마지막 테이프(Das letzte Band)」 공연 준비차 베를린을 방문하고, 그곳에서 「없는」을 영어로 옮기기 시작한다. 10월, 영국 글래스고의 클로스 시어터 클럽에서 「숨소리」가 공연된다. 10월 초, 요양차 튀니지로 떠난다. 10월 23일, 노벨 문학상 수상. 미뉘 출판사 대표 제롬 랭동이 대신 시상식에 참여한다. 『없는』이 미뉘에서 출간된다.

1970년 — 3월 8일, 영국 옥스퍼드 극장에서 「숨소리」가 공연된다. 4월 29일, 파리의 레카미에 극장에서 「마지막 테이프」를 연출한다. 같은 달, 1946년 집필했으나 당시 베케트가 출간을 거부했던 장편 『메르시에와 카미에(Mercier et Camier)』와 단편 『첫사랑(Premier Amour)』이 미뉘에서 출간된다. 7월, 「없는」을 영어로 옮긴 『없어짐(Lessness)』이 칼더 앤드 보야즈에서 출간된다. 9월, 『소멸자』가 미뉘에서 출간된다. 10월 중순 백내장으로 인해 왼쪽 눈 수술을 받는다.

1971년 — 2월 중순, 오른쪽 눈 수술을 받는다. 「숨소리(Souffle)」 프랑스어 버전이 『카이에 뒤 슈맹(Cariers du Chemin)』 4월 호에 실린다. 8–9월, 베를린을 방문해 9월 17일 「행복한 날들(Glückliche Tage)」을 실러 극장에서 연출한다. 10–11월, 요양차 몰타에 머문다.

1972년 — 2월, 모로코에 머문다. 3월 말, 무대에 '입'만 등장하는 모놀로그 「나는 아니야(Not I)」를 영어로 쓴다. 『소멸자』를 영어로 옮긴 『잃어버린 자들(The Lost Ones)』이 런던의 칼더 앤드 보야즈와 뉴욕의 그로브에서 출간된다. 『잃어버린 자들』 일부가 '북쪽(The North)'이라는 제목으로 런던의 이니사먼 출판사(Enitharmon Press)에서 출간된다. 단편집 『죽은-머리들』 증보판이 미뉘에서 출간된다(「없는」 추가 수록). 「필름 / 숨소리(Film *suivi de* Souffle)」가 미뉘에서 출간되고, 이해 출간된 『코메디 및 기타 극작품』 증보판에 수록된다. 『숨소리 그리고 다른 단막극들(Breath and Other Short Plays)』이 페이버에서 출간된다. 11월 22일, 「나는 아니야」가 '사뮈엘 베케트 페스티벌'의 일환으로 뉴욕 링컨센터에서 공연된다(앨런 슈나이더 연출, 제시카 탠디[Jessica Tandy] 주연).

1973년 — 1월 16일, 「나는 아니야」가 런던 로열코트극장에서 공연된다(베케트와 앤서니 페이지 공동 연출, 빌리 화이트로[Billie Whitelaw] 주연). 같은 달 『나는 아니야』가 페이버에서 출간된다. 2월, 『첫사랑』의 영어 번역을 마친다. 『나는 아니야』를 프랑스어로, 『메르시에와 카미에』를 영어로 옮기기 시작한다. 7월, 『첫사랑(First Love)』이 칼더 앤드 보야즈에서 출간된다. 8월, 「이야기된바(As the Story Was Told)」를 쓴다. 이 글은 이해 독일의 주어캄프에서 출간된 시인 귄터 아이히(Günter Eich) 기념 책자에 수록된다.

1974년 — 『첫사랑 그리고 다른 단편들(First Love and Other Shorts)』가 그로브에서 출간된다(「포기한 작업으로부터」, 「충분히[Enough]」, 「죽은 상상력 상상해 보라」, 「땡[Ping]」, 「나는 아니야」, 「숨소리」 수록). 『메르시에와 카미에(Mercier and Camier)』가 런던의 칼더 앤드 보야즈와 뉴욕의 그로브에서 출간된다. 6월, 「나는 아니야」에 비견되는 실험적인 희곡 「그때는(That Time)」을 쓰기 시작해 이듬해 8월 완성한다.

1975년 — 3월 8일, 베를린 실러 극장에서 「고도를 기다리며」를 연출한다. 4월 8일, 파리 오르세 극장에서 「나는 아니야(Pas moi)」(마들렌 르노 주연)와 「마지막 테이프」를 연출한다. 희곡 「발소리(Footfalls)」를 영어로 쓰기 시작해 11월에 완성한다. 텔레비전용 스크립트 「고스트 트리오(Ghost Trio)」를 영어로 쓴다. 12월, 「다시 끝내기 위하여(Pour finir encore)」를 쓴다.

1976년 — 2월, 단편집 『다시 끝내기 위하여 그리고 다른 실패작들(Pour finir encore et autres foirades)』이 미뉘에서 출간된다. 5월 말, 베케트의 일흔 번째 생일을 기념해 런던의 로열코트극장에서 「발소리」(베케트 연출, 빌리 화이트로 주연)와 「그때는」(도널드 맥위니 연출, 패트릭 머기 주연)이 공연된다. 『그때는』이 페이버에서 출간된다. 8월, 「죽은 상상력 상상해 보라」를 쓰기 전해인 1964년에 영어로 쓴 글 「모든 이상한 것이 사라지고(All Strange Away)」가 에드워드 고리(Edward Gorey)의 에칭화와 함께 뉴욕의 고담 북 마트(Gotham Book Mart)에서 출간된다. 10월 1일, 「그때는(Damals)」과 「발소리(Tritte)」를 베를린 실러 극장에서 연출한다. 10–11월, 텔레비전용 스크립트 「오직 구름만이…(...but the clouds...)」를 영어로 쓴다. 12월, 『발소리』가 페이버에서 출간된다. 「고스트 트리오」를 처음 수록한 8편의 희곡집 『허접쓰레기들(Ends and Odds)』이 그로브에서 출간된다. 산문 모음 『실패작들(Foirades / Fizzles)』이 뉴욕의 페테르부르크 출판사(Petersburg Press)에서 프랑스어와 영어로 출간되고,

『다시 끝내기 위하여 그리고 다른 실패작들(For to End Yet Again and Other Fizzles)』이 런던의 존 칼더에서, 『실패작들(Fizzles)』이 뉴욕의 그로브에서 출간된다.

1977년 — 3월, 『동반자(Company)』를 영어로 쓰기 시작한다. 『영어와 프랑스어로 쓴 시 전집(Collected Poems in English and French)』이 런던의 칼더와 뉴욕의 그로브에서 출간된다. 4월 17일, 「나는 아니야」, 「고스트 트리오」, 「오직 구름만이…」가 '그늘(Shades)'이라는 타이틀 아래 영국 BBC 2프로그램에서 방송된다(앤서니 페이지, 도널드 맥위니 연출). 10월, '죽음'에 대해 말하는 남자에 대한 작품을 써 달라는 배우 데이비드 워릴로우(David Warrilow)의 요청으로 「독백극(A Piece of Monologue)」을 쓰기 시작한다. 11월 1일, 남부독일방송에서 제작된 「고스트 트리오(Geistertrio)」와 「오직 구름만이…(Nur noch Gewölk)」, 그리고 영국에서 방송되었던 빌리 화이트로 버전의 「나는 아니야」가 '그늘(Schatten)'이라는 타이틀 아래 RFA에서 방송된다(베케트 연출). 전해에 그로브에서 출간된 동명의 희곡집에 「오직 구름만이…」를 추가로 수록한 『허접쓰레기들』이 페이버에서 출간된다. 『발소리(Pas)』가 미뉘에서 출간된다.

1978년 — 『발소리 / 네 편의 밑그림(Pas *suivi de* Quatre esquisses)』이 미뉘에서 출간된다(「발소리」, 「연극용 초안 I & II(Fragment de théâtre I & II)」, 「라디오용 스케치(Pochade radiophonique)」, 「라디오용 밑그림(Esquisse radiophonique)」). 4월 11일, 「발소리」와 「나는 아니야」가 파리의 오르세 극장에서 공연된다(베케트 연출, 마들렌 르노 주연). 8월, 『시들 / 풀피리 노래들(Poèmes *suivi de* mirlitonnades)』이 미뉘에서 출간된다. 「그때는」을 프랑스어로 옮긴 『이번에는(Cette fois)』이 미뉘에서 출간된다. 10월 6일, 「유희」를 베를린 실러 극장에서 연출한다.

1979년 — 4월 말, 「독백극」을 완성한다. 6월, 런던의 로열코트극장에서 「행복한 날들」이 공연된다(베케트 연출). 9월, 『동반자』를 완성하고 프랑스어로 옮기기 시작한다. 『동반자』가 런던 칼더에서 출간된다. 10월 말, 『잘 못 보이고 잘 못 말해진(Mal vu mal dit)』을 쓰기 시작한다. 12월 14일, 「독백극」이 뉴욕의 라 마마 실험 극장 클럽에서 초연된다(데이비드 워릴로우 연출 및 주연).

1980년 — 『동반자(Compagnie)』가 파리 미뉘에서 출간된다. 5월, 런던의 리버사이드 스튜디오에서 샌 퀜틴 드라마 워크숍의 일환으로 창립자 릭 클러치(Rick Cluchey)와 함께 「마지막 승부」를 공동 연출한다. 이듬해 75번째 생일을 기념해 뉴욕 주 버펄로에서 열리는 심포지엄에서 선보일 「자장가(Rockaby)」를 쓰고(앨런 슈나이더 연출, 빌리 화이트로 주연), 역시 이듬해 미국 오하이오 주립 대학에서 열릴 베케트 심포지엄의 의뢰로 「오하이오 즉흥곡(Ohio Impromptu)」을 쓴다(앨런 슈나이더 연출).

1981년 — 1월 말, 『잘 못 보이고 잘 못 말해진』을 완성한다. 3월, 『잘 못 보이고 잘 못 말해진』이 미뉘에서 출간된다. 『자장가 그리고 다른 짧은 글들(Rockaby and Other Short Pieces)』이 그로브에서 출간된다(「오하이오 즉흥곡」, 「자장가」, 「독백극」 등 수록). 4월, 텔레비전용 스크립트 「쿼드(Quad)」를 영어로 쓴다. 7월, 종종 협업해 온 화가 아비그도르 아리카(Avigdor Arikha)를 위해 짧은 글 「천장(Ceiling)」을 영어로 쓰기 시작한다(훗날 에디트 푸르니에[Edith Fournier]가 옮긴 프랑스어 제목은 'Plafond'). 8월, 『최악을 향하여(Worstward Ho)』를 영어로 쓰기 시작해 이듬해 3월 완성한다(에디트 푸르니에가 베케트와 미리 상의한 후 1991년 펴낸 프랑스어 번역본의 제목은 'Cap au pire'). 10월 8일, 독일 SDR에서 제작된 「쿼드」가 '정방형 I+II(Quadrat I+II)'라는 제목으로 RFA에서 방송된다(베케트 연출). 같은 달 『잘 못 보이고 잘 못 말해진(Ill Seen Ill Said)』이 그로브에서 출간된다. 베케트 탄생 75주년을 기념해 파리에서 '사뮈엘 베케트 페스티벌'이 개최된다.

1982년 — 체코 대통령이자 극작가였던 바츨라프 하벨(Václav Havel)에게 헌정하는 희곡 「대단원(Catastrophe)」을 쓴다. 7월 20일, 「대단원」이 아비뇽 페스티벌에서 초연된다. 『독백극 / 대단원(Solo *suivi de* Catastrophe)』과 『대단원 그리고 또 다른 소극들(Catastrophe et autres dramaticules)』, 『자장가 / 오하이오 즉흥곡(Berceuse *suivi de* Impromptu d'Ohio)』이 미뉘에서 출간된다. 『특별히 묶은 세 편의 희곡(Three Occasional Pieces)』이 페이버에서 출간된다(「독백극」, 「자장가」, 「오하이오 즉흥곡」 수록). 『잘 못 보이고 잘 못 말해진』이 칼더에서 출간된다. 마지막 텔레비전용 스크립트 「밤과 꿈(Nacht und Träume)」을 영어로 쓰고 독일 SDR에서 연출한다(이듬해 5월 19일 RFA에서 방송됨). 12월 16일, 「쿼드」가 영국 BBC 2프로그램에서 방송된다.

1983년 — 2–3월, 9월에 오스트리아 그라츠에서 열리는 슈타이리셔 헤르프스트 페스티벌의 요청으로 희곡 「무엇을 어디서」를 프랑스어로 쓰고('Quoi Où') 영어로 옮긴다('What Where'). 이 작품은 베케트가 집필한 마지막 희곡이 된다. 4월, 『최악을 향하여』가 칼더에서 출간된다. 9월, 베케트가 1929년부터 1967년까지 썼던 비평 및 공연되지 않은 극작품 「인간의 소망들」 등이 포함된 『소편(小片)들: 잡문들 그리고 연극적 단편 한 편(Disjecta: Miscellaneous Writings and a Dramatic Fragment)』(루비 콘[Ruby Cohn] 엮음)이 칼더에서 출간된다. 『오하이오 즉흥곡, 대단원, 무엇을 어디서(Ohio Impromptu, Catastrophe, What Where)』가 그로브에서 출간된다. 「독백극」, 「이번에는」이 파리 생드니의 제라르 필리프 극장에서 프랑스어로 공연된다(데이비드 워릴로우 주연). 「자장가」, 「오하이오 즉흥곡」, 「대단원」이 파리 롱푸앵 극장 무대에 오른다(피에르 샤베르 연출). 6월 15일, 「무엇을 어디서」, 「대단원」, 「오하이오 즉흥곡」이 뉴욕의 해럴드 클러먼 극장에서 공연된다(앨런 슈나이더 연출).

1984년 — 2월, 런던을 방문해 샌 퀜틴 드라마 워크숍에서 준비하는 「고도를 기다리며」를 감독한다(발터 아스무스[Waltet Asmus] 연출, 3월 13일 애들레이드 아츠 페스티벌에서 초연됨). 『대단원』이 칼더에서 출간된다. 『단막극 전집(Collected Shorter Plays)』이 런던의 페이버와 뉴욕의 그로브에서 출간되고, 『시 전집 1930–78(Collected Poems, 1930–1978)』이 런던의 칼더에서 출간된다. 8월, 에든버러 페스티벌에서 '베케트 시즌'이 열린다. 런던에서 오스트레일리아 순회공연을 위해 「고도를 기다리며」, 「마지막 승부」, 「크래프의 마지막 테이프」 연출을 감독한다.

1985년 — 마드리드와 예루살렘에서 베케트 페스티벌이 열린다. 6월, 「무엇을 어디서(Was Wo)」를 텔레비전 방송용으로 개작해 독일 SDR에서 연출한다(이듬해 4월 13일 방송됨). 「천장」이 실린 책 『아리카(Arikha)』가 파리의 에르만(Hermann)과 런던의 템스 앤드 허드슨(Thames and Hudson)에서 출간된다.

1986년 — 베케트 탄생 80주년을 기념해 4월에 파리에서, 8월에 스코틀랜드 스털링에서 사뮈엘 베케트 페스티벌이 열린다. 폐 질환이 시작된다.

1988년 — 마지막 글이 될 「떨림(Stirrings Still)」을 영어로 완성한다. 이 글은 뉴욕의 블루 문 북스(Blue Moon Books)와 런던의 칼더에서 출간된다. 『영상』이 미뉘에서, 『단편 산문 전집 1945–80(Collected Shorter Prose, 1945–1980)』이 칼더에서 출간된다. 7월, 쉬잔과 함께 요양원 르 티에르탕에 들어간다. 그곳에서 프랑스 시 「어떻게 말할까(Comment dire)」와 영어 시 「무어라 말하나(What is the Word)」를 쓴다.

1989년 — 『동반자』, 『잘 못 보이고 잘 못 말해진』, 『최악을 향하여』가 수록된 『계속할 도리가 없는(Nohow On)』이 뉴욕의 리미티드 에디션스 클럽(Limited Editions Club)과 런던의 칼더에서 출간된다(그로브에서는 1995년 출간됨). 『떨림(Stirrings Still)』을 프랑스어로 옮긴 『떨림(Soubresauts)』과 1940년대에 판 펠더 형제에 대해 썼던 미술 비평 『세계와 바지(Le Monde et le pantalon)』가 미뉘에서 출간된다(「장애의 화가들[Peintres de l'empêchement]」은 1991년 증보판에 수록).
7월 17일, 쉬잔 사망. 12월 22일, 베케트 사망. 파리의 몽파르나스 묘지에 함께 안장된다.

작품 연표

영어	프랑스어
1929년 비평문 「단테…브루노. 비코··조이스 (Dante...Bruno. Vico..Joyce)」 단편 「승천(Assumption)」 기타 단편들	
1930년 시집 『호로스코프(Whoroscope)』(1930) 비평집 『프루스트(Proust)』(1931) 단편들	
1930-2년 장편 『그저 그런 여인들에 대한 꿈(Dream of Fair to Middling Women)』 (사후 출간)	
1932-3년 시들 단편집 『발길질보다 따끔함(More Pricks Than Kicks)』(1934)	
1934-5년 시집 『에코의 뼈들 그리고 다른 침전물들(Echo's Bones and Other Precipitates)』(1935)	
1935-6년 장편 『머피(Murphy)』(1938)	
1937년 희곡 「인간의 소망들(Human Wishes)」(1983)	**1937-40년** 시들 『머피(Murphy)』(알프레드 페롱과 공동 번역, 1947년 출간)
1941-5년 장편 『와트(Watt)』(1953)	**1945년** 미술 비평 「세계와 바지(Le Monde et le pantalon)」(1989)

1949년
미술 비평 「세 편의 대화(Three Dialogues)」(사후 출간)

1953–4년
장편 『몰로이(Molloy)』(패트릭 바울즈와 공동 번역, 1955년 출간)
희곡 『고도를 기다리며(Waiting for Godot)』(1954)

1954–5년
장편 『말론 죽다(Malone Dies)』(1956)

1955(?)년
단편 「포기한 작업으로부터(From an Abandoned Work)」(1958)

1946년
단편 「끝(La Fin)」(1955)
장편 『메르시에와 카미에(Mercier et Camier)』(1970)
단편 「추방된 자(L'Expulsé)」(1955)
단편 「첫사랑(Premier amour)」(1970)
단편 「진정제(Le Calmant)」(1955)

1947년
희곡 「엘레우테리아(Eleutheria)」(1995)

1947–8년
장편 『몰로이(Molloy)』(1951)
장편 『말론 죽다(Malone meurt)』(1951)
미술 비평 「장애의 화가들(Peintres de l'empêchement)」(1989)

1948–9년
희곡 「고도를 기다리며(En attendant Godot)」(1952)

1949–50년
장편 『이름 붙일 수 없는 자(L'Innommable)』(1953)

1950–1년
단편 모음 「아무것도 아닌 텍스트들(Textes pour rien)」(1955)

1954–6년
희곡 「마지막 승부(Fin de Partie)」(1957)
희곡 「무언극 I(Acte sans paroles I)」(1957)

1956년

라디오극 「넘어지는 모든 자들(All That Fall)」(1957)

1956–7년

희곡 「으스름(The Gloaming)」

장편 『이름 붙일 수 없는 자(The Unnamable)』(1958)

1957년

희곡 「마지막 승부(Endgame)」(1958)

1958년

희곡 「크래프의 마지막 테이프(Krapp's Last Tape)」(1959)

단편 「아무것도 아닌 텍스트 I(Text for Nothing I)」

라디오극 「타다 남은 불씨들(Embers)」(1959)

1960–61년

희곡 「행복한 날들(Happy Days)」(1961)

단편 「추방된 자」(리처드 시버와 공동 번역, 1967년 출간)

1961년

라디오극 「말과 음악(Words and Music)」(1964)

1961–2년

장편 『그게 어떤지(How it is)』(1964)

1962–3년

희곡 「연극(Play)」(1964)

「연극용 초안 I & II(Rough for Theatre I & II)」(1976)

「라디오용 초안 I & II(Rough for Radio I & II)」(1976)

1963년

라디오극 「카스칸도(Cascando)」(1964)

시나리오 「필름(Film)」(1964년 제작, 1965년 상영, 1967년 출간)

1957년

라디오극 「넘어지는 모든 자들(Tous ceux qui tombent)」(로베르 팽제와 공동 번역, 1957년 출간)

「무언극 II(Acte sans paroles II)」(1966)

1958–9년

희곡 「마지막 테이프(La Dernière bande)」(피에르 레리스와 공동 번역, 1960년 출간)

1959–60년

장편 『그게 어떤지(Comment c'est)』(1961)

「연극용 초안 I & II(Fragment de théâtre I & II)」(1950년대 후반 집필, 1978년 출간)

1961년

라디오극 「카스칸도(Cascando)」(1963)

「라디오용 스케치(Pochade radiophonique)」(1978)

「라디오용 밑그림(Esquisse radiophonique)」(1978)

1962년

희곡 「오 행복한 날들(Oh les beaux jours)」(1963)

1963–4년

희곡 「코메디(Comédie)」(1966)

1963–6년
단편 모음「아무것도 아닌 텍스트들
(Texts for Nothing)」(1967)

1964–5년
단편「모든 이상한 것이 사라지고
(All Strange Away)」(1976)

1965년
희곡「왔다 갔다(Come and Go)」(1)*
(1967)
텔레비전용 스크립트「어이 조(Eh Joe)」
(1) (1967)
단편「죽은 상상력 상상해 보라
(Imagination Dead Imagine)」(2) (1974)

1965–6년
단편「충분히(Enough)」(2) (1974)
단편「땡(Ping)」(1974)

1968년
희곡「숨소리(Breath)」(1972)

1969년
단편「없어짐(Lessness)」(2) (1970)

1971–2년
단편「잃어버린 자들(The Lost Ones)」
(1972)

1965년
희곡「왔다 갔다(Va-et-vient)」(2) (1966)
단편「죽은 상상력 상상해 보라
(Imagination morte imaginez)」(1)
(1967)
텔레비전용 스크립트「어이 조(Dis Joe)」
(2) (1966)
라디오극「말과 음악(Paroles et
musique)」(1966)
단편「충분히(Assez)」(1) (1966)

1965–6년
단편「소멸자(Le Dépeupleur)」(1970)

1966년
단편「쿵(Bing)」(1966)

1966–8년
장편『와트(Watt)』(아녜스 & 뤼도빅
장비에와 공동 번역, 1968년 출간)

1969년
단편「없는(Sans)」(1) (1969)
희곡「숨소리(Souffle)」(1972)

단편 모음「실패작들(Foirades)」
(1960년대 집필, 1976년 출간)

1971년
시나리오「필름(Film)」(1972)

* 제목 옆의 숫자 (1), (2)는 집필 연도가 같은 작품들의 집필 순서를 표시한 것이다.

1972–3년

희곡「나는 아니야(Not I)」(1973)

단편「첫사랑(First Love)」(1973)

단편「정적(Still)」(1973)

단편「소리들(Sounds)」(1978)

단편「정적 3(Still 3)」(1978)

1973년

장편『메르시에와 카미에(Mercier and Camier)』(1974)

단편「이야기된바(As the Story Was Told)」(1973)

1973–4년

단편 모음「실패작들(Fizzles)」(1976)

1974–5년

희곡「그때는(That Time)」(1976)

1975년

단편「다시 끝내기 위하여(For to End Yet Again)」 (2) (1976)

희곡「발소리(Footfalls)」 (1) (1976)

텔레비전용 스크립트「고스트 트리오(Ghost Trio)」(1976)

1976년

텔레비전용 스크립트「오직 구름만이…(...but the clouds...)」(1977)

1977–9년

단편「동반자(Company)」(1979)

희곡「독백극(A Piece of Monologue)」(1981)

1979–80년

단편「잘 못 보이고 잘 못 말해진(Ill Seen Ill Said)」(1981)

희곡「자장가(Rockaby)」(1981)

희곡「오하이오 즉흥곡(Ohio Impromptu)」(1981)

단편「움직이지 않는(Immobile)」(1976)

1973년

희곡「나는 아니야(Pas moi)」(1975)

1974–5년

희곡「이번에는(Cette fois)」(1978)

1975년

단편「다시 끝내기 위하여(Pour finir encore)」 (1) (1976)

희곡「발소리(Pas)」 (2) (1978)

1976–8년

「풀피리 노래들(Mirlitonnades)」(1978)

1979년

단편「동반자(Compagnie)」(1980)

1979–82년

희곡「독백극(Solo)」(1982)

1981년
텔레비전용 스크립트 「콰드(Quad)」(1982)
단편 「천장(Ceiling)」(1985)

1981–2년
단편 「최악을 향하여(Worstward Ho)」(1983)
텔레비전용 스크립트 「밤과 꿈(Nacht und Träume)」(1984)

1983년
희곡 「무엇을 어디서(What Where)」 (2)(1983)
희곡 「대단원(Catastrophe)」(1983)

1983–7년
단편 「떨림(Stirrings Still)」(1988)

1989년
시 「무어라 말하나(What is the Word)」

1981년
단편 「잘 못 보이고 잘 못 말해진(Mal vu mal dit)」(1981)

1982년
희곡 「자장가(Berceuse)」(1982)
희곡 「오하이오 즉흥곡(Impromptu d'Ohio)」(1982)
희곡 「대단원(Catastrophe)」(1982)

1983년
희곡 「무엇을 어디서(Quoi Où)」 (1) (1983)

1988년
시 「어떻게 말할까(Comment dire)」
단편 「떨림(Soubresauts)」(1989)

사뮈엘 베케트 선집

소설

『포기한 작업으로부터』, 윤원화 옮김

『발길질보다 따끔함』, 윤원화 옮김

『머피』, 이예원 옮김

『와트』, 박세형 옮김

『말론 죽다』, 임수현 옮김

『이름 붙일 수 없는 자』, 전승화 옮김

『그게 어떤지/영상』, 전승화 옮김

『죽은-머리들/소멸자/다시 끝내기 위하여 그리고 다른 실패작들』, 임수현 옮김

『동반자/잘 못 보이고 잘 못 말해진/최악을 향하여/떨림』, 임수현 옮김

시

『에코의 뼈들 그리고 다른 침전물들/호로스코프/시들, 풀피리 노래들』, 김예령 옮김

평론

『프루스트』, 유예진 옮김

『세계와 바지/장애의 화가들』, 김예령 옮김

계속됩니다.

사뮈엘 베케트 선집

사뮈엘 베케트
프루스트

유예진 옮김

초판 1쇄 발행. 2016년 12월 31일
2쇄 발행. 2020년 5월 25일

발행. 워크룸 프레스
편집. 김뉘연
표지 사진. EH(김경태)
제작. 세걸음

ISBN 978-89-94207-77-3 04800
978-89-94207-65-0 (세트)
14,000원

워크룸 프레스
출판 등록. 2007년 2월 9일
(제300-2007-31호)
03043 서울시 종로구
자하문로16길 4, 2층
전화. 02-6013-3246
팩스. 02-725-3248
메일. workroom@wkrm.kr
www.workroompress.kr
www.workroom.kr

이 도서의 국립중앙도서관
출판시도서목록(CIP)은 서지정보유통
지원시스템 홈페이지(seoji.nl.go.kr)와
국가자료공동목록시스템(www.nl.go.kr/
kolisnet)에서 이용하실 수 있습니다.
CIP제어번호: CIP2016031839

옮긴이. 유예진
마르셀 프루스트를 전공해 문학박사 학위를 받았다. 『프루스트의 화가들』, 『프루스트가 사랑한 작가들』, 『프루스트 효과』를 썼고, 마르셀 프루스트의 『독서에 관하여』를 옮겼다.